KB114566

이모탈 퓨전 판타지 소설

FUSION FANTASTIC STORY

워리어

Warrior

워리어 7

이모탈 퓨전 판타지 소설

초판 1쇄 찍은 날 § 2015년 3월 20일
초판 1쇄 펴낸 날 § 2015년 3월 27일

지은이 § 이모탈
펴낸이 § 서경석

편집부장 § 권태완
편집책임 § 한준만

펴낸곳 § 도서출판 청어람
등록번호 § 제387-1999-000006호
등록일자 § 1999. 5. 31
어람번호 § 제1-2085호

주소 § 경기도 부천시 원미구 부일로 483번길 40 서경B/D 3F (우) 420-822
전화 § 032-656-4452 팩스 § 032-656-4453
http://www.chungeoram.net
E-mail § chungeorambook@daum.net

ISBN 979-11-04-90172-0 04810
ISBN 979-11-316-9239-4 (세트)

이모탈 퓨전 판타지 소설

FUSION FANTASTIC STORY

7

Warrior

워리어

Warrior
워리어

Contents

제1장	절망의 기사 Ⅰ	7
제2장	출사표	45
제3장	절망의 기사 Ⅱ	83
제4장	체이스 그린 후작	119
제5장	암살	159
제6장	장악	199
제7장	남부의 패자	235
제8장	재상의 결단	273

제1장

절망의 기사 Ⅰ

Warrior

"뭐라 했나?"

"아, 아키투스가 죽고, 정찰대대가 전멸… 당했습니다."

4번대 웨스턴 유니언 대장이 얼굴을 딱딱하게 굳힌 채 보고를 하고 있는 4번대 군사 프랑수아 올름을 바라보며 입을 열었다.

"그게… 가능하다고 보나?"

"……."

"허어~ 1개 대대가 전멸? 아키투스가 죽어?"

"……."

넋두리처럼 같은 말을 반복하는 유니언 4번대 대장. 그러다 침중한 얼굴로 올름 군사를 바라보았다.

"방법은?"

"임시방편으로 야산을 우회하기로 한 1, 2대대를 야산으로 투입시키고, 이목을 유인할 목적이었던 조공을 야산으로 둘러 포위 섬멸하는 방법이 옳다고 봅니다."

"……."

유니언 4번대 대장은 말이 없었다. 생각시노 못한 곳에서 일격을 당한지라 아직도 정신을 차리지 못하고 있는 것이 분명했다. 그에 올름 군사는 그저 답변이 나올 때까지 기다릴 수밖에 없었다.

"아키투스가 죽고, 적의 수가 얼마나 되는지도 모르는데 다섯 개 대대를 투입시키자는 말인가?"

"지금으로서는……."

"허어~"

올름 군사의 말에 헛바람을 내는 유니언 4번대 대장. 그의 얼굴을 잔뜩 일그러져 있었다. 하지만 방법이 없었다. 오리무중인 적병들. 일당백이라 일컬어지는 아키투스의 죽음은 상당한 충격을 주었지만 어쨌든 해결해야만 했다.

"살아온 병사는?"

"정신을 잃었습니다."

"정신을 잃어?"

"다친 곳은 없으나 극심한 정신력 소모로 인해 이미 제정신이 아닌 듯싶습니다."

"……."

또다시 대화가 단절되었다.

"보고를… 해야 하나?"

"그것은 조금……."

보고를 한다면 분명 질책이 있을 수밖에 없었다.

대체 병력 운용을 어찌했기에 일당백이라 일컬어지는 절망의 기사 중 일인인 아키투스를 잃고 일개 대대를 전멸시켰냐고 말이다.

그렇지 않아도 각 번대장끼리 상당한 알력이 작용하고 있는 판국에 승전 소식이 아닌 패전 소식을 전한다는 것은, 그것도 최초의 패전이 1개 대대의 전멸이라는 것은 자신의 입지가 흔들릴 수밖에 없다는 것을 의미했다.

"일단은 군사의 말대로 하지."

"명을 따르겠습니다."

"또한 본대에 있는 절망의 기사 20명을 지원한다."

"그것은……."

"지금 상황에서 가장 확실한 패는 역시 절망의 기사밖에 없음을 모르는가?"

"크흠. 알겠습니다."

올름 군사 역시 별 뾰족한 수는 없었다. 지금은 벌어진 상황을 빠르게 수습하는 것이 최고라 할 수 있었다.

'그래. 승리하면 되는 것이다. 전투에서는 졌지만 결국 전쟁은 이길 것이다.'

그는 스스로 그렇게 다짐했다. 그것은 유니온 4번대 대장역시 마찬가지였다. 의외의 일격으로 상처를 입기는 했지만 전쟁에서 이런 경우는 다반사로 일어나는 일. 수습을 하면 되었다.

전력을 기울여서 말이다.

*   *   *

급작스럽게 작전이 변경되어 이름조차도 붙여지지 않은 야산으로 돌입하게 된 4번대 1대대장과 2대대장.

갑작스러운 명령이었지만 그 둘은 그 명령에 일말의 토도 달지 않은 채 각각 이름 모를 야산을 중심에 놓고 진격하기 시작했다.

고만고만한 산이 연속된 이름 모를 야산. 물론 원주민들에게 물으면 야산의 명칭을 알 수 있겠으나, 야산의 이름을 알 필요까지는 없었다.

그저 거점 1백 몇이라는 숫자로 표기되면 끝이었다.

이름 모를 야산.

거점 103번 지역의 남으로부터 진입해 들어가는 키친스키 대대장의 눈초리가 날카로워졌다. 야산이라고는 하나 산이라는 것이 그렇다.

밖에서 보면 산으로 치기도 어렵고, 그지 잔잔하게 넓은 그런 언덕 정도로 보일 정도의 산이거늘 저곳에서 정찰대대로 투입된 1개 대대가 전멸했다는 것에 약간의 긴장감이 돌 수밖에 없었다.

몇 개의 산이 중첩되고 겹쳐진 저 동산과 같은 야산에 도대체 어떤 존재가 있기에 1개 대대가 전멸했다는 말인가? 자신이 알고 있는 4번대 3대대장은 그렇게 섣부른 사람이 아니었다.

그런 것을 알기에 4번대 대장도 정찰대의 임무를 맡긴 것이다.

좌우 앞뒤를 일정 간격으로 벌리고 변형된 쐐기 형태로 진입하는 이들은 상당히 조심스러웠다. 그런 부대의 전개 모습을 지켜보던 키친스키 2대대장은 자신의 옆에 있던 거구의 사내를 향해 물었다.

"느껴지는 것이 있소?"

"글쎄……."

나직하게 말을 흐리는 거구의 사내였다. 거구의 사내 옆에는 그를 제외하고 아홉 명의 비슷한 체구의 사내가 있었는데 눈과 입 주변을 제외하고는 온통 검은색으로 둘러싸여 있었다.

그들의 모습은 마치 단단한 강철을 연상시키는 모습이었다. 보기만 해도 대단한 위압감을 느껴지게 할 정도로 대단한 모습이었다.

"어떤가?"

키친스키 2대대장의 옆에 서 있던 거구의 사내가 고개를 살짝 모로 돌리며 물었다. 그에 다른 이들과 다르게 호리호리하고 작은 자가 조심스럽게 입을 열었다.

"아직까지는 잡히는 것이 없습니다."

"어디까지 탐색을 한 거지?"

"전방 10㎞까지입니다. 평지가 아니기에 아무래도 탐색하는 데에는 난점이 있습니다."

호리호리한 사내의 말에 그에게 물었던 거구의 사내가 팔짱을 끼면서 다시 입을 열었다.

"그렇다는군."

"직접 들어갈 수밖에 없다는 말이 되는군요."

"그렇겠지."

"그럼 일단 진세를 펼치는 것이 좋겠군요."

"작전은 오로지 지휘관의 몫이지. 우리는 거들 뿐."

"알겠습니다. 진세를 좌우로 펼친다."

거구의 사내의 말에 키친스키 2대대장은 곧바로 명을 내렸고, 쐐기 형태였던 진세가 좌우로 펼쳐지며 길게 늘어지기 시작했다 산 전체를 감쌀 것처럼 말이다.

다섯 개의 중대가 좌우로 펼쳐지고 다시 본대에서 두 개의 중대가 빠져나가며 1열 5개 중대, 2열 4개 중대가 이중으로 견고하게 열을 세우고 앞으로 전진해 나가기 시작했다.

말이 2열이지 그 간격이 너무 촘촘해 그 누구도 빠져나갈 수 없을 정도였다.

다시 이름 모를 야산은 정적이 감돌기 시작했다. 들려오는 소리라고는 그저 야산에 진입하는 나파즈 왕국의 4번대 2대대 병력의 은밀한 움직임밖에 없었다.

전(前)열의 중앙에 위치한 홀리어스 3중대장은 조심스럽게 전진해 나가는 중대원들을 바라봤다.

지금 그의 얼굴은 살짝 찌푸려져 있었다. 마음에 들지 않는 탓이었다.

이 거점 103지점은 상당히 울창했다. 오랫동안 방치되어서 인지 혹은 인적이 드물어서인지는 모르지만 제대로 된 길도 없었으며 잡목과 넝쿨이 우거져 쉽게 전진할 수조차 없을 정도였다.

정찰에 은밀함을 요하는 것은 기본이었다. 그리고 그 이 정찰 작전이 언제 섬멸 작전으로 변하게 될지 모를 일이었다. 그런 상황에서 무언가 끈적하게 다가오는 이 기분 나쁜 느낌은 대체 무엇이란 말인가?

홀리어스 3중대장은 자신도 모르게 관자놀이를 타로 흘러내리는 땀을 신경질적으로 닦아내고 있었다.

"찝찝하군."

그가 나직하게 입을 열었다. 그의 곁에 있던 부관 역시 그의 말에 동조하듯이 사방을 경계하는 느낌으로 바라보더니 입을 열었다.

"마치… 누군가 우리를 노리고 있는 것 같은 그런……."

"자네도 그런가?"

부관도 자신과 같은 느낌을 받고 있다는 것에 홀리어스 중대장은 전방을 주시했다. 분명 무언가 있기는 있는데 좀처럼 실체를 잡기 어려운 지금 상황. 그저 느낌상 무언가 자신들을 노리고 있다는 것만 느낄 뿐이었다.

그때였다.

퍼억! 후드득!

방금 전 자신과 대화를 하던 부관의 고개가 홱 재껴졌다. 그리고 비릿한 향과 함께 그의 얼굴에 확 끼쳐드는 미지근한 무엇. 순간적으로 홀리어스 중대장은 손을 들어 자신의 얼굴을 훑어 내리고 자신의 손을 바라보았다.

부릅!

그의 눈이 더 이상 커질 수 없을 정도로 커졌다. 숨어야 한다는 것을 느꼈다. 하지만 몸은 자신의 생각과 다르게 고개가 들려지며 전방을 확인했다.

퍽!

홀리어스 중대장의 신형이 붕 떠오르며 뒤로 날아갔다. 그와 얼마 떨어지지 않은 곳에 있던 병사 눈을 부릅떴다.

"억!"

그리고 답답한 소리를 흘렸다. 무슨 일인가 싶어 옆을 바라보던 병사는 순간 자신의 옆에 있던 병사가 사라진 것을 볼 수 있었다. 분명 자신과 몇 미터밖에 떨어지지 않은 동료였다. 그런데 이상함을 느껴 고개를 돌리는 그 순간 동료가 사라진 것이었다.

"저, 저……."

적이라고 큰 소리로 외치고 싶었다.

하지만 그의 목에서는 자신이 원하는 목소리가 흘러나오지 않았다. 마치 굳은 듯 아무런 동작조차 할 수 없었다.

그것은 아주 잠깐이었다. 단 몇 초의 짧은 시간이었다.

스각!

무언가 날카로운 것이 자신의 목을 훑고 지나가는 것을 느꼈다. 따끔한 느낌. 그리고 이어지는 무기력함. 병사는 허물어지듯 떨어져 내렸다.

두 눈을 뜬 채 쓰러지는 병사. 그 병사를 소리 나지 않게 받아드는 두 팔.

조용히 죽은 병사를 눕혔다. 느릿하게 움직이며 다시 바닥으로 사라져 가는 움직임.

잠시 후,

죽은 병사도 병사를 죽인 이도 사라졌다. 숲은 다시 정적이 감돌았다. 하지만 분명한 것은 정적만 남은 게 아니란 것이다. 정적이 찾아드는 그 순간 은밀하게 정찰을 실시하던 2대대가 움직임을 멈췄다.

"크르르. 피 냄새."

검은색 일색의 거구의 사내가 나직하게 으르렁거렸다.

"경계! 경계!"

그 소리를 듣자마자 키친스키 2대대장은 곧바로 외쳤다. 그리고 2대대는 경계라는 말이 나오자마자 즉시 이동을 중지하고 한곳으로 모여들어 인원을 점검하고 사방을 경계하기 시작했다.

"보고!"

그리고 점검을 마친 후 속속들이 보고가 들어오기 시작했다. 인원 점검 사항을 보고받은 키친스키 2대대장은 놀라지 않을 수가 없었다.

"이, 이게……."

그의 손에 쥐어진 인원 점검 보고 사항.

1열 총원 5백 명. 확인 및 미확인 전사자 : 305.
2열 총원 4백 명. 확인 및 미확인 전사자 : 211.

순식간에 5백이 넘어가는 병력이 사라졌다.

부들.

보고서를 든 그의 손이 떨려왔다. 하지만 함부로 화를 낼수는 없었다. 그의 곁에는 예의 거구의 사내가 다가와 있었기 때문이었다.

"대단하군. 그 짧은 시간에 5백이 넘는 인원이 사라지다니."

그는 순수하게 감탄했다. 진한 피 냄새를 맡아 적들이 있다는 것을 알았을 뿐,. 그들의 움직임조차 감지하지 못했기 때문이었다. 이 중 가장 강한 자신이 그 정도이면 다른 이들은 보나마나 뻔한 말일 것이다.

"병력을 물려."

"알겠소."

키친스키 2대대장은 아직도 믿어지지 않는다는 듯이 명한 표정으로 입을 열었다. 그러한 2대대장을 슬쩍 바라본 거구의 사내가 신형을 돌렸다. 그리고 입을 열었다.

"파티다!"

"클클!"

"켈켈! 피 맛이 그립군."

중구난방으로 진득할 살소가 흘러나오며 소름끼치도록 잔인한 말이 오고갔다. 순간 정신이 번뜩 든 키친스키 2대대장. 불과 열 명이 흘려내는 살기가 이토록 무서울 줄은 몰랐다.

그가 정신을 차렸을 때 그들은 이미 후퇴하고 있는 병력을 뒤로 하고 숲 속으로 사라지고 있었다.

그들은 산으로 들어서는 그 순간 피 냄새를 쫓기 시작했다. 그리고 그들은 얼마 지나지 않아서 시체들을 찾아내기 시작했다. 교묘하게 가려진 숲 속에 숨겨져 있거나 위장된 땅 속에 있거나 아름드리나무 위에 매달려 있었다.

"교묘하군."

거구의 사내가 나직하게 입을 열었다. 그들은 조용하게 움직일 생각이 없어보였다. 소리를 죽이지도 않았으며 몸을 숨기지도 않았다. 그저 피 냄새를 쫓으며 전신을 드러낸 채 당당하게 앞으로 걸어갈 뿐이었다.

하지만 그들은 산속으로 들어가면 들어갈수록 이상한 느

낌이 들었다. 피 냄새만 진동할 뿐 어떠한 인기척도 들려오지 않았기 때문이었다. 사람 냄새란 독하기 그지없어 비릿한 피 냄새로도 쉽게 가릴 수 있는 그런 류의 것이 아니었다.

그런데 숲 속으로 들어왔음에도 불구하고 그들은 어떠한 사람 냄새도 맡을 수 없었다. 그에 그들은 본능적으로 움직임이 느려지기 시작하며 사방을 경계하기 시작했다. 처음 아무런 거리낌도 없이 산으로 걸음을 내디딜 때와는 전혀 다른 그들의 모습이었다.

그랬다.

그들은 지금 긴장하고 있었다. 그러다 가장 선두에 서서 아홉 명을 이끌던 이가 잠시 걸음을 멈췄다. 굽혔던 허리가 살짝 펴지며 사방을 둘러보았다. 마치 지금 이 상황을 전혀 인정할 수 없다는 듯이 말이다.

그가 허리를 펴고 가슴을 펴자 나머지 아홉 명 역시 똑같은 행동을 해보였다. 마치 하나로 연결되어 있는 것처럼 말이다.

"스카츠 조장. 아무래도 이상하지 않소?"

예의 본진에서 산속을 탐지했던 자가 앞으로 스카츠라 불리는 자의 옆에 서며 입을 열었다.

"그렇군. 이상하군. 왜 없지?"

내용도 없는 말이었다. 그런데 그를 제외한 모두가 그 말을 이해하고 있었다.

"흩어져야 할까요?"

"아니. 잠깐."

스카츠는 흩어지자는 자를 제지했다. 그리고 걸음을 옮기기 시작했다.

그가 걸음을 옮기는 곳에는 아무것도 없었다. 그들의 감각에도 전혀 걸리지 않았다. 그러하기에 스카츠가 그들을 제지시켰을 때 그들은 본능적으로 긴장했다.

자신들의 조장인 스카츠는 강하다. 하지만 여기 있는 모두를 압도할 수 있을 정도로 강하지는 않았다. 두 명이 함께 싸운다면 비등하고 세 명이 함께한다면 우세하고 네 명이 함께하면 필승이었다.

하지만 그들은 함부로 이빨을 드러내지 않았다. 열 명 모두 절망의 기사였지만 그들의 서열은 아주 명확했다.

그들은 말없이 스카츠 조장을 따라갔다. 그러기를 잠시. 스카츠 조장은 갑자기 걸음을 멈춰 세웠다.

그가 걸음을 멈추고 전방을 노려봤다. 그에 아홉 명의 조원역시 전방을 응시했다. 그들은 전방을 응시하며 당황한 표정을 지을 수밖에 없었다.

"어떻게 된 거지?"

"나야말로 너희들에게 묻고 싶군."

그들은 같은 절망의 기사단 소속 기사들로서 1대대에 배속을 받은 이들이었다. 평소에도 그리 가까운 사이는 아니었기에 지금의 이 상황이 상당히 어색한 두 조장이었다. 하지만 그것은 전시가 아닌 평시의 상황일 뿐.

지금은 전시였다. 전시에 반목할 정도로 나쁜 사이는 아니었기에 그들은 상황이 이상하게 돌아감을 알고 재빠르게 원형진을 형성하고 사방을 경계하기 시작했다.

그때 그들의 귓가로 들려오는 나지막한 발소리가 있었다.

저벅! 저벅! 저벅!

한데 그 발걸음 소리는 다수가 내는 소리가 아니라 단 한 명이 내는 발자국 소리였다. 스무 명의 시선이 일제히 소리가 들려오는 쪽으로 향했고, 그들이 응시하는 전방에는 단 한 명의 사내가 무심하게 언월도를 어깨에 얹은 채 다가오고 있었다.

"네놈… 이로군."

그가 등장함에 지금의 모든 상황을 한눈에 꿰기 시작한 스카츠 조장과 밀런 조장이었다.

"……."

말없이 스무 명의 거구를 바라보는 사내. 그는 다름 아닌 카이론이었다.

"지루하더군."

그리고 마침내 그의 입이 열렸다. 그의 말을 들은 스카츠 조장은 얼굴을 일그러뜨렸다. 지금 상대는 자신들을 비웃고 있는 것이었다.

왜 이제 왔느냐는 듯한 그의 도발이었다.

"걸리적거리는 것이 있어서 말이지."

카이론의 도발에 짐짓 태연하게 맞대응하는 스카츠 조장이었다. 하지만 밀런 조장은 그렇게 태연하지 않았다.

그는 날카로운 이빨을 드러내며 싸늘하게 웃으며 입을 열었다.

"죽고 싶은 모양이로군."

밀런 조장은 어깨를 으쓱해 보였다. 지금 자신들의 앞에 있는 사람은 오직 한 명이었으니 그럴 만도 했다. 그에 카이론은 별다른 반응을 보이지 않았다. 전혀 두려움이 없어 보이는 그의 행동.

그러한 그의 행동이 오히려 스카츠 조장과 밀런 조장에게는 역효과를 일으키고 있었다. 자신들을 굽어보는 듯한 혹은 자신들을 얕잡아 보는 듯한 그의 거만한 태도에 그들은 당장에 얼굴을 일그러뜨렸다.

"그런가?"

"혼자인가?"

나직하게 으르렁거리는 밀런 조장과 주변을 둘러보며 무언가를 확인한 스카츠 조장.

아무리 주관적으로 생각해도 어떤 미친놈이 스무 명이나 되는 적이 있는 곳에 홀로 모습을 드러내겠는가?

하지만 주변을 아무리 둘러보아도 인기척이라고는 전혀 없었다. 믿을 수 없는 일이었다. 물론 상대가 아키투스를 죽인 자이기는 했지만 아키투스는 혼자이고 자신들은 스무 명이나 된다.

의도적으로 이곳에 함정을 팠다면 분명 혼자는 아닐 것이었다. 겨우 혼자서 자신들을 감당할 이가 대체 이 대륙에 얼마나 있을 것인가? 스무 명에 달하는 절망의 기사는 일개 사단을 압도할 무력이지 않은가 말이다.

분명 스카츠의 생각은 옳았다. 그 대상이 일반적인 범주에 있는 자라면 말이다. 하지만 불행하게도 카이론은 일반적인 범주에 있는 이가 아니었다.

그렇게 홀로 깊은 생각에 잠겨 있는 그의 귓가로 들려오는 소리가 있었으니.

"거 봐. 별거 없다고 했지?"

"아씨. 진짜 못 알아챌 줄이야."

"내놔!"

"어우~ 피 같은 내 돈."

그러면서 일단의 인물이 모습을 드러냈다. 모습을 드러낸 자들은 고작해야 다섯 명 정도. 그들은 키튼과 미켈슨, 프라이머, 해머슨, 그리고 시모 하이하였다.

　스카츠 조장과 밀런 조장, 그리고 그 둘을 따르는 열여덟 명의 조원은 화들짝 놀라 말소리가 들려오는 쪽으로 시선을 돌렸다. 하지만 그 놀람을 겉으로 드러내지는 않았다. 지금 이 상황에서 속내를 드러낼 정도로 어리석은 자들이 아니었으니 말이다.

　그들은 눈을 가늘게 떴다. 모두 다섯 명. 하지만 그들이 정작 놀란 것은 그들의 존재를 진혀 알아채지 못했다는 것이었다. 그들은 자신들의 실력을 알고 있었다. 자신들은 익스퍼트 중급의 실력이었다.

　하지만 신체 능력은 그들보다 월등히 뛰어나다 할 수 있었다. 특히 신체적으로 느껴지는 감각은 비교조차 할 수 없었다. 자신들이 가진 감각은 몬스터의 그것과 비견되니까 말이다.

　그럼에도 불구하고 자신들은 저들의 존재를 전혀 감지하지 못했다는 것은 저들이 자신보다 월등한 실력을 지녔다는 것을 의미했다.

　특히 스카츠 조장의 놀라움은 극에 달했다.

　밀런 조장은 어떠할지 모르나 자신은 지속적으로 주변을 탐지하지 않았던가? 그것도 감각을 최대한 확장해서 말이다. 그런데 불과 몇 미터의 지근거리에서 무려 다섯 명이 모습을 드러내고 있었다.

자신들의 이목을 속일 수 있는 존재가 대체 얼마나 될까? 그 순간 스카츠 조장은 저들이 마법 아이템을 사용했을 수도 있겠거니 생각했지만 이내 고개를 저을 수밖에 없었다.

마법사가 없는 것은 아니지만 카테인 왕국은 자국보다 적어도 1백 년 이상 뒤떨어져 있었다.

더군다나 지금 카테인 왕국은 내전 중에 있었다. 중앙의 어떠한 지원도 없다는 건 자명한 일이었다. 마법사조차 드문 판국에 마법 스크롤을 이런 변방의 귀족이 소장할 리는 없었다.

때문에 마법적으로 자신의 이목을 속일 수 없다는 결론을 내렸다. 결론이 내려짐과 동시에 스카츠 조장은 등골이 서늘해지는 느낌이 들었다.

마법적인 기법이 아니라면 지금 겨우 여섯으로 자신들을 포위하고 있는 이들의 실력은 상상을 초월할 수 있다는 것을 의미했기 때문이었다.

하지만 스카츠 조장은 그 말을 입 밖으로 낼 수 없었다. 자신을 제외하고 열아홉의 기사들은 전혀 그런 생각을 하지 않고 있었기 때문이었다. 지금 이 순간 그 말을 한다면 긍정적인 면보다는 부정적적인 면이 더 많아질 것이기 때문이었다.

"이 새끼들이……."

"간덩이가 부었군. 켈."

"겨우 여섯? 푸흐흐. 이거 언제 절망의 기사단이 이렇게 싸구려가 됐지?"

"새끼. 쟤네들이 우리를 알겠냐?"

"하긴 그렇지?"

"저런 새끼들일수록 죽을 때가 되면 별짓거리를 다 하지."

"쿠쿡. 보고 싶군."

스무 명의 절망의 기사단원은 전혀 긴장하지 않은 듯 중구난방으로 여기저기에서 킬킬거리며 웃어넘기고 있었다.

"우리를 유인한 건가?"

스카츠 조장이 날카롭게 물었다.

끄덕.

말없이 고개만 끄덕이는 카이론.

"가능하다고 보는가?"

묻는 스카츠 조장. 그런 그를 바라보는 카이론.

"벌써 너희들은 여기 와 있고, 너희가 있어야 할 곳에는 너희들이 없지 않나?"

"……."

카이론의 말에 스카츠 조장은 아무런 말을 할 수 없었다.

"달라질 것은 없지. 너희들을 죽이면 되니까."

밀런 조장이 스산하게 입을 열었다. 그에 조금 전까지 떠들썩했던 열여덟의 기사단원은 일제히 기세를 피워 올리기 시작했다. 이제 시간이 된 것이다.

그들을 둘러싸고 있던 다섯 명도 각자의 무기를 꺼내 들고 있었다.

"둘은 나와 하지."

카이론이 두 명의 조장을 가리켰다. 그에 밀런 조장은 어처구니없어 하는 표정을 지어보였다. 절망의 기사가 두 명이다. 그것도 조장급으로 두 명이다. 최소한 익스퍼트 최상급에 이르러야 조장급 둘을 상대할 수 있을 것이다.

"킥. 죽고 싶다면."

그 말을 내뱉음과 동시에 밀런 조장은 벼락같이 카이론을 향해 쇄도해 들어갔다. 그 빠름이란 여느 기사의 동체시력으로는 절대 쫓을 수 없을 정도로 빠른 것이었다.

푸카앙!

어느새 날카로운 소리가 숲 속을 저릿하게 울렸다.

터더더덕!

그리고 빠르게 튕겨져 나오며 다급하고 둔중한 발자국 소리가 들려왔다. 튕겨져 나온 자는 바로 밀런 조장이었다. 밀런 조장은 살짝 놀란 듯한 얼굴을 한 채로 카이론을 바라봤다. 그러다 어깨를 돌리며 진득한 웃음을 흘렸다.

"흐흐. 그렇지, 이 정도는 되어야지. 그래야 아키투스가 명예롭지."

그는 길어난 자신의 손톱을 혀로 핥으며 입을 열었다. 그의 얼굴은 놀람에서 대단히 만족스럽다는 듯한 표정으로 변해 있었다.

"괜찮겠나?"

"저놈은 나 혼자 해결한다."

"……."

스카츠 조장은 말이 없었다. 밀런 조장은 지금 그 정신이 온통 자신의 눈앞에 있는 자에게 쏠려 있어 구변을 놀아보지 못했지만 스카츠 조장은 아니었다. 그는 주변을 돌아볼 수 있었다.

"끄륵!"

그리고 그 순간, 한 명의 단원이 목을 부여잡은 채 가래 끓는 소리를 내며 진득한 핏물을 흘러내리며 쓰러지고 있었다.

"워매. 이 새끼들, 몸이 막 변하네? 지들이 무슨 변신 몬스터여?"

그중 걸쭉한 입담을 자랑하는 사내가 있었으니 그는 바로 키튼이었다. 그는 세 명의 단원에게 둘러싸여 있음에도 상당히 여유로웠다. 비단 그뿐만이 아니었다. 다른 이들도 마찬가지였다.

그들은 마치 이 정도쯤은 아무것도 아니라는 듯이 가볍게 나아갔고, 한 번 나아감에 반드시 단원들의 몸에 생채기를 남겼다. 보통의 상처라면 순식간에 아물어 버릴 그들의 신체였지만 마나에 의해 헤집어진 상처는 결코 쉽게 회복되지 못했다.

그렇게 그들은 여유로우면서도 끊임없이 단원들을 괴롭혔다. 마치 시간을 끌기라도 하듯이 말이다.

'시간? 시간! 그렇구나! 이들은 지금 우릴 붙잡아두고 있는 것이로구나!'

그때서야 깨달았다. 3번대와 4번대기 위험하다는 것을 말이다. 자신들이 있으면 그리 위험할 일은 없었다. 하지만 자신들은 숲의 중심에 있었고, 3번대와 4번대는 남과 북으로 나눠져 있었다.

단 몇 분 만에 몇 개 중대를 전멸시킬 정도의 귀신같은 솜씨라면 자신들이 빠진 3번대와 4번대가 전멸하는 것은 순식간일 것이다.

'아뿔싸!'

스카츠 조장은 빠르게 몸을 돌려 이곳을 벗어나려 했다. 그 순간이었다.

스화아악!'

들려오는 소리만으로도 피부가 쩌억 벌어질 것 같은 무언가가 움직였다. 스카츠 조장은 본능적으로 자신의 무기인 자마다르를 휘둘러 아찔하게 자신을 갈라오는 무엇을 막아갔다.

콰하앙!

"큽!"

스카츠 조장은 답답한 신음성을 내며 급격하게 튕겨져 거대한 나무등치에 부딪혔다. 인간의 몸으로는 견디기 힘들 정도의 충격이겠으나 스카츠 조장의 신형은 오히려 거대한 나무등치를 파고들었다.

후두둑!

그리고 이내 스카츠 조장은 나무등치를 벗어나며 몸 이곳 저곳에 박힌 나뭇조각을 털어냈다. 그는 무심히게 자신의 선방을 바라봤다. 다부진 체구에 장검에 버금가는 쿠크리를 들고 있는 자.

"너는……."

"말이 필요한가?"

슈화악!

다시 빛이 발산되며 쿠크리가 스카츠 조장을 향해 쇄도했다. 그에 스카츠 조장 역시 자마다르를 꼬나 쥐고 거침없이 마주 달려갔다. 그리고 오른손에 쥔 자마다르는 위의 목줄기를 향해서 휘두르고 왼손의 자마다르는 사내의 공격을 방어할 목적으로 복부 언저리에 두었다.

티티딩.

세 번의 부딪힘과 세 번의 튕김이 있었다. 그리고 복부 어림을 향해 쇄도하는 날카로운 물건. 왼손의 자마다르를 휘둘

러 날카로움을 상쇄시킴과 동시에 몸을 비스듬하게 틀어 사
내의 후면을 가격했다.

　말이 가격이지 맞는다면 이 일격에 사내의 전신은 난도질
당할 것이 불 보듯 뻔한 일이다. 하지만 자마다르에 느껴지는
감각은 없었다. 어느새 자신을 공격해 들어오던 사내는 저만
치 물러나 있었다.

　"후욱!"

　스카츠 조장은 짧게 숨을 몰아쉬었다.

　'쉽지 않겠군.'

　정말 그랬다. 쉽지 않았다. 자신은 조금은 어려웠다. 하지
만 상대는 마치 물이 흐르듯 자연스럽게 공수를 수발하고 있
었다. 그것만 봐도 상대는 자신보다 한 단계 정도 높은 실력
자라는 것을 알 수 있었다.

　물론 그것은 순수한 실력 면에서 그랬다. 자신에게는 상대
가 모르는 한 수가 있었다.

　아직은 그 비장의 한 수를 쓰지 않아도 될 것 같았다. 그 수
를 쓰지 않더라도 자신의 월등한 신체 능력이라면 충분히 한
단계 위의 기사는 상대할 수 있으니까 말이다.

　"이런 기분… 오랜만이군."

　순간 스카츠 조장은 전쟁이니 뭐니 하는 것은 잊었다. 오랜
만에 피가 끓어오르고 심장이 벌렁거리는 것을 느꼈기 때문

이었다. 같은 절망의 기사단원끼리 대련을 하지만 그것은 어차피 대련이다.

목숨을 걸고 대련을 하지는 않는다. 하지만 이자는 달랐다. 목숨을 걸어야 했다. 어쩌면 자신의 비장의 한 수까지 드러내야 할지도 몰랐다. 아니, 눈앞에 있는 사내는 이미 자신의 비장의 한 수를 알고 있을지도 몰랐다.

'아키투스가 죽었으니까.'

그것을 생각해 낸 스카츠 소상은 생각보다 일찍 변신해야 할지도 모르겠고 생각했다.

사실 변신하고 싶지는 않았다. 웬만하면 그냥 인간의 모습으로 싸우고 싶었다.

변신하고 난 후 다시 인간으로 돌아올 때의 그 기분과 고통이란 것은 참으로 지랄 같았기 때문이었다. 하지만 후회하지는 않았다. 얻는 것이 있으면 잃는 것이 있는 게 현실이다. 그리고 자신은 더 많은 것을 얻었기에 만족한다.

세상살이란 등가교환의 법칙이 정확하게 대입되는 것이니까.

"캬하앗!"

순간 스카츠 조장의 입에서 짐승의 소음이 터져 나왔다. 빛살같이 사내에게 쇄도하면서 그의 전신이 서서히 변신하고 있었으며 시간이 지날수록 빨라졌다. 그런 스카츠 조장을 냉정하게 바라보는 사내.

그의 입술이 살짝 씰룩이며 웃었다.

"이거로군. 그래, 얼마나 강한지 보자. 설마 저 괴물보다는 아니겠지."

그러면서 이제 막 접전에 들어가고 있는 카이론을 슬쩍 바라봤다. 그에게는 아직 여유가 있었다. 그렇게 크게 위험하다고 생각되지는 않았기 때문이었다.

전투가 있기 전 카이론이 그들에게 말했다.

'최대한 시간을 끌고, 최대한 그들의 전력을 살펴라.'

카이론은 아키투스를 제거할 때 분노하고 있었다. 좀체 감정을 드러내지 않았기에 주변에서는 그가 분노한지 몰랐으나 그는 분노하고 있었다.

덕분에 아키투스는 필요 이상의 무력으로 제거당했고, 아키투스에게서 아무것도 얻어낼 수 없었던 것은 자명한 사실이었다.

그래서 이번 일을 계획하게 된 것이었다. 그 예로 시쳇말로 한주먹거리도 되지 않는 조장급의 기사단원을 상대로 카이론은 아직도 승부를 보지 않고 있다는 것이었다.

콰아아앙!

"크흐읍!"

그 순간 카이론과 대적하던 밀런 조장이 답답한 신음성을 내고 피를 내뿜으며 멀찌감치 밀려났다. 충격을 완화하기 위해서 힘을 써서인지 그의 굳건한 두 다리는 땅바닥에 깊숙한 일직선의 자국을 남기고 있었다.

"큭! 쎈데?"

밀런 조장은 자신의 입가로 흘러내리는 핏물을 팔뚝으로 쓱 닦아내며 히죽 웃었다. 전혀 기세가 꺾이지 않은 모습이었다. 그런 밀런 조장의 모습을 보며 카이론은 고개를 끄덕였다. 확실히 보통의 사람보다는 단단한 몸을 지녔고, 트롤을 무색케 할 정도의 회복력을 지녔다.

하지만 겉은 그럴지라도 내부까지 그렇지는 않은 것 같았다.

그 예로 피를 흘리고 있었으니까. 피류의 상처보다는 내부에서 진탕되어 흘리는 피는 그 회복력이 느린 것 같았다.

"아직 변신할 때가 안 됐나?"

카이론은 고개를 갸웃하며 나직하게 입을 열었다. 그에 밀런 조장은 살짝 놀란 듯 눈을 동그랗게 떴다가 이내 살소를 떠올렸다.

"흐흐. 아키투스를 죽인 놈이 네놈이로군."

"내 부하를 죽였으니까."

"크큭. 그래, 그래야지. 그 정도는 되어야 윗대가리를 해먹지."

"더 기다려 줘야 하나?"

"뭐?"

카이론의 물음에 화들짝 놀라는 밀런 조장. 하나, 그것도 잠깐이었다.

"기다려 준 김에 조금 더 기다려 주지?"

"그러지."

간단하게 응대하는 카이론. 그의 모습은 오만했다. 언제든지 네가 완벽한 상태가 된다 해도 결코 자신을 이길 수 없다는 완벽한 자신감 말이다. 하지만 밀런 조장은 그에 대해 어떤 반감도 가지지 않았다.

자신의 눈앞에 있는 자는 강자였다. 그냥 어중이떠중이의 그저 그런 강자가 아니라 진짜배기 강자였다. 그런 자는 평생 동안 만나기 어려울 것이다. 이 자리에서 자신이 죽는다 해도 그는 원 없이 싸우다 죽고 싶었다.

그는 슬쩍 주변을 둘러봤다. 죽은 자는 별로 없었다. 하지만 압도적으로 밀리고 있었다. 아까는 없었던 자가 새로 등장하기도 했고 말이다.

스물과 전투를 치루면서 오히려 여유를 부리고 회복할 시간까지 주고 있으니 이것이 압도적이지 않으면 도대체 무엇이 압도적일까?

생사의 갈림길이지만 이상하게 전혀 그런 느낌을 받지 못하고 있었다. 한마디로 이들에게는 긴장감이 없었다. 자신들이 딴 그 정도의 수준이라는 것을 의미하는 것일 게다.

"후우~ 1대대와 2대대는 다 전멸했겠지?"

밀런 조장의 물음에 카이론은 대답 대신 혼잣말처럼 전혀 다른 내용을 내뱉었다.

"만인대 정도의 병력을 번대라고 부르나보군."

그런 카이론의 말을 들은 밀런 조장은 어처구니없다는 듯한 표정으로 되물었다.

"몰랐나?"

"정보가 없으니까."

"허~ 그런데도 이 정도라고? 씨발. 이게 말이 돼?"

믿지 못하겠다는 듯이 육두문자를 내뱉는 밀런 조장이었다.

허탈했다. 완벽한 승리라고 장담했지만 완벽한 지옥이 그들의 눈앞에 펼쳐지고 있었기 때문이었다. 아무도 예측하지 못했다.

"마지막이 될지도 모르는데 물어나 보자. 이름이?"

"카이론 에라크루네스."

"그걸로 끝?"

"싸우는데 그 이상 뭐가 필요한가?"

"하긴."

그러면서 다시 카이론을 쏘아보는 밀런 조장.

투두둑!

그때 그의 전신에서 미약한 소리가 흘러나왔다. 무언가 톡 톡 터지는 듯한 그런 소리 말이다. 그리고 그 소리가 들려옴과 동시에 밀런 조장의 전신이 서서히 커졌다. 입고 있던 칠흑의 풀 플레이트 메일은 부풀어 오른 근육을 견디다 못해 터져 나갔다.

그리고 거의 벌거숭이가 된 그의 몸 전체에서 비늘이 솟아올랐다. 마치 뱀의 비늘처럼 생긴 비늘이 말이다. 푸른색이 감돌았던 밀런 조장의 눈동자는 붉게 변했으며, 허스키했던 목소리는 뭔가 쇳소리가 흘러나오고 있었다.

"리자드 맨이로군."

그랬다. 밀런 조장이 변신한 모습은 3m에 달하는 거대한 리자드 맨이었다. 신장은 2m 50㎝에서 3m 사이고, 머리에는 붉은 볏이, 입에는 엄니가 있으며 발톱은 날카롭고 긴 꼬리가 있다. 최면 성분이 들어 있는 독을 갖고 있어서 물리거나 긁힌 사람은 영원한 잠에 빠진다.

또한 단단한 비늘 갑옷과 무리 생활을 하는 몇 안 되는 영리한 몬스터 중 하나였다. 상대하기에는 상당히 까다로운 몬스터였다. 게다가 몬스터의 지능이 아닌 인간의 지능을 가졌다면 더욱더 그러했다.

"쉬이익!"

기묘한 숨소리가 카이론의 귓가를 간지럽혔다.

"그건가?"

"맞다."

"별로 좋은 모습은 아니로군."

"아키투스는 모습이 조금 달랐지. 뭐 변신한 김에 확실하게 변하는 게 좋으니까. 더 강하기도 하고."

"너와 같은 자가 많은가?"

카이론의 질문에 길게 찢어진 입술을 더욱 당기며 웃는 밀런 조장이었다

"심문인가?"

"심문하면 답은 할 것이고?"

"케헤엣. 하긴 그렇지."

대체로 이런 류의 사람은 강해지는 것 외에는 아무런 관심이 없다. 그리고 죽을 것을 뻔히 알면서도 달려든다. 또한 강제한다고 해서 입을 열 그런 류의 사람도 아니었다. 하지만 밀런 조장은 순순히 입을 열고 있었다.

"대체로 3개의 번대가 있다고 생각하면 될 거야."

"3만? 오랫동안 준비했겠군."

"케헤엘. 카테인 왕국의 재상이 본 왕국의 3왕자인 것을 보면 말 다한 것 아니겠나?"

"하긴 그렇기도 하군."

"이제 알고 싶은 건 다 알았나?"

"대충은."

"그럼 부탁하지."

파아아앙!

공간이 찢어지는 듯한 소리가 들려왔다. 확실히 이전보다는 강했다. 하지만 그 강함이라는 것 역시 상대적인 것. 밀런 조장에게는 이전보다 비교조차 할 수 없을 정도로 강하고 빨랐으나 카이론에게는 조금 더 강해진 것뿐이었다.

50㎝ 정도로 길어진 손톱을 슬쩍 피했다. 말은 간단하지만 시퍼렇게 날이 서 여느 도검보다 더 나은 절삭력을 보여주는 손톱이었다. 그것도 매개체가 있는 것이 아닌 자신의 손톱이라 훨씬 더 빠르고 괴랄한 움직임이 가능했다.

하지만 카이론은 무표정하게 그저 슬쩍 슬쩍 몸을 움직여 피할 뿐이었다. 그러기를 한참. 마침내 밀런 조장이 으르렁거리면서 공격을 멈췄다.

"왜? 왜 피하기만 하는 것이냐?"

"인간임을 포기하고… 너는 무엇을 얻은 것이냐?"

질문에 답하지 않고 도리어 물어보는 카이론.

"……."

밀런 조장은 하마터면 힘을 얻었다고 할 뻔했다. 그런데 생각해 보니 자신이 얻은 힘은 아무것도 아니었다. 그래봐야 자신은 1만 명의 동료 중에 겨우 조장일 뿐이었다.

강해졌다고 느꼈다.

한때 그 강함에 취해 고개를 빳빳이 들고 세상 무서운 것이 없이 행동하기도 했다. 하지만 지금 그는 절망하고 있었다. 인간의 삶과 맞바꾼 강함이 전혀 빛을 보지 못하고 있었다. 그는 으르렁거리면서 주변을 둘러보았다.

잘린 팔을 주워 다시 붙이는 자. 삐져나온 내장을 억지로 집어넣으면서 회복을 기다리는 자. 미친 듯이 울부짖으며 형식도 없이 검을 휘두르고 강력해진 힘과 회복력을 믿고 방어를 도외시한 채 혀를 빼물고 공격해 들어가는 자.

심지어는 신중한 스카츠 조장조차 온몸이 피범벅이 된 채 거친 숨을 헐떡이고 있었음에도 상대는 상처 하나 없었다.

그에 까닭 모를 울분이 치솟는 밀린 조장이었다.

힘을 얻기 위해 가족을 버리고 친구도 버리고 가문도 버렸다. 그리고 마침내는 인간이기를 포기했다. 그런데 고작 여기 있는 여섯 명을 당해내지 못하고 있었다.

"우와아악!"

거칠게 함성을 지르며 미친 듯이 카이론을 향해 쇄도해 들어갔다. 하지만 카이론은 여전히 피하기만 할 뿐 그를 공격하지 않았다. 힘에 취해 괴물이 된 자들. 힘에 취해 자신이 무엇이 되었는지조차도 모르는 자들.

그들을 바라보는 카이론의 눈동자는 냉정했다. 하나 냉정

함과 다르게 그의 내면은 씁쓸함이 폭풍 치고 있었다. 모든 것을 버린 결과가 고작 이것이라면 사는 것보다는 죽는 것이 나을지도 모른다는 생각이 들이었다.

순간 카이론의 등 뒤에 수납되어 있던 언월도가 느릿하게 뽑혀져 나왔다. 너무 느려 보는 사람이 하품할 정도로 말이다. 그동안 카이론은 피했고, 밀런 조장은 눈을 붉게 물들이며 미친 듯이 공격만 해댔다.

푸훅!

"커흑!"

피육이 갈리는 소리가 흘러나왔다. 그에 입을 떡 벌린 채 부들부들 떠는 밀런 조장이었다. 상상조차 할 수 없는 회복력을 가진 그이지만 복부를 관통한 카이론의 언월도에는 당해 내지 못하고 있었다.

회복되는 속도보다 더 빠르게 사라지는 근육과 뼈와 핏물. 이루 형언할 수조차 없을 정도의 극통이 전신을 강타했다.

붉게 물들었던 밀런 조장의 눈동자가 점점 푸른색으로 돌아오고 리자드 맨으로 변했던 그의 몸이 수축하며 원래의 모습으로 돌아오고 있었다.

그의 복부는 뻥 뚫려 있었으며, 전혀 회복될 기미가 보이지 않았다.

"어, 어떻게……."

"이 세상에는 절대란 존재하지 않는다."

"그런가… 그… 랬었군."

허망하다는 듯이 같은 말을 되풀이하는 밀런 조장.

"이… 이렇게 주, 죽을 줄은… 몰랐는 데에…….."

그리고 허물어졌다. 꼿꼿하던 무릎이 스르르 꺾어졌고, 빳빳하게 세워졌던 목이 수그러졌다. 그의 입술은 살짝 벌어져 침과 피가 뒤엉켜 맑은 핏물이 진득하게 흘러내리고 있었다. 그래도 죽을 때는 사람의 모습 그대로였다.

잠깐 그런 밀런 조장을 바라보던 카이론이 고개를 들자 시종일관 여유롭게 절망의 기사단원들을 상대하던 이들의 움직임이 부산스러워졌다.

그들의 무기에 힘이 담길 때마다 변신을 한 절망의 기사단원들은 처절한 비명을 지르며 죽어갔다.

카이론은 근처의 바위에 앉아 멀거니 하늘을 바라보았다. 시리도록 푸른 하늘이다. 그 아래에 붉은 핏물이 대지를 질척하게 만들고 있었다.

제2장

출사표

Warrior

"투입되었던 1대대와 2대대가 전멸당했습니다."

꾸깃!

유니언 4번대 대장은 올름 군사가 보고한 보고서를 와락 움켜쥐었다. 보고서를 움켜쥔 그의 손아귀는 하얗게 변해 있었고 부들부들 떨리고 있었다. 말은 하지 않았지만 지금 현재 그가 얼마나 분노하고 있는지 명확하게 보여주는 단면이라고 할 수 있었다.

지금 이곳에는 절망의 기사단의 단장과 4번대에 남은 대대장이 모두 모여 있었다. 유니언 4번대 대장은 휑뎅그렁 비어 있는 1, 2, 3대대장의 자리를 향했다. 그러고는 어금니를 꽉 깨물었다.

"단장이 힘을 써 줘야겠소."

유니언 4번대 대장의 말에도 그저 흘깃 그를 쳐다볼 뿐, 별다른 반응조차 보이지 않는 단장이라 불리는 자. 그는 회의석상에서조차 헬름을 벗지 않고 있었다. 그것은 분명 상당한 무례였다.

그러나 그 누구도 그에게 그것을 무례라 말하지 않았다. 왜냐하면 압도적인 무력을 바탕으로 하는 그의 입지는 4번대에서도 견줄 자가 없었기 때문이다.

하지만 유니언 4번대 대장은 그를 인정하지 않았다. 일명 길들이기의 일환으로 말이다.

그것은 절망의 기사단장 역시 마찬가지였다.

4번대 대장과 자신은 수직적인 관계가 아닌 수평적인 관계라 할 수 있었다. 그런데 4번대 대장은 자신의 머리 위에 서려 하고 있었기 때문이었다.

그래서 무례인 줄 알면서도 회의석상에서조차 헬름을 벗지 않고 있는 것이었다. 또한 지금 현재 그의 심기는 상당히 불편했다. 자신이 거느린 1백에 이르는 절망의 기사단은 개개인이 일당백의 기사라 할 수 있었다. 아니, 기사라기보다는 전사라 하는 것이 옳았다.

승리를 위해서라면 기사도 따위는 아무렇지도 않게 저버릴 수 있으며, 승부를 위해서라면 목숨을 걸 준비도 되어 있는 이들이었다. 그러한 이들을 마치 병사처럼 운용하고 있으니 제대로 작전이 펼쳐질 수 없었던 것이었다.

그런 무덤덤한 행동을 하는 기사단장의 태도에 유니언 4번대 대장은 불편한 침음을 흘릴 수밖에 없었다.

할 수 있다면 이들의 도움 없이 승리를 이뤄내고 싶었다. 하지만 이제는 그것이 불가능하게 되었다.

"크흠. 명일 오전을 기해 103번 작전 지역에서 포위 섬멸 작전이 실행될 것이오. 그 최선두에 기사단이 앞장 설 것이며, 각 대대장은 103번 작전 지역 외곽부터 압박해 들어갈 것이오."

"준비하도록 하겠소."

그 말을 남기고 기사단장은 자리에서 일어나 회의석상을 벗어나고 있었다.

"저, 저⋯⋯!"

"저런 무식한⋯⋯."

그가 석상을 벗어나자 그가 있을 때는 한마디도 하지 않던 대대장들이 일제히 그를 손가락질하며 입을 열었다.

그런 그들을 보며 유니언 4번대 대장은 조금은 짜증이 났지만 어쩔 수 없었다. 이들만이라도 잘 다독여 승리를 이룩해야 하니까 말이다.

"그마안!"

"아니 그래도……."

"그만하라 했네."

"크흠. 알겠습니다."

"그럼 다들 차질 없이 준비하도록 하게. 이번에는 실수가 없어야 할 것이야."

"명을 따르겠습니다."

명을 받는 대대장들이나 명을 내리는 4번대 대장이나 모두 그리 편한 얼굴은 아니었다. 이미 3개 대대 3천에 이르는 병력이 저 알 수 없는 야산에서 죽음을 맞이했다. 아무리 경쟁 관계라고는 하지만 결코 달가울 리는 없었다.

아니, 조금은 다급함을 느꼈다. 대체 저 조그만 야산에 무엇이 있기에 투입되는 족족 불귀의 객이 되느냔 말이다. 그리고 그 의심과 다급함 속에서는 공포라는 것이 스멀스멀 피어오르고 있었다.

그들은 모두 가슴 한편이 무언가에 꽉 막힌 것 같은 답답함이 느껴지고 있었다.

'승리를 장담할 수 있을까?'

'조금은… 무섭군.'

그것이 각 대대장들의 솔직한 심정이었다. 하지만 겉으로 드러낼 수는 없는 법.

회의가 끝났음에도 불구하고 대대장들은 섣불리 회의실을 벗어나려 하지 않았다. 그것은 그들을 바라보는 4번대 대장도 마찬가지였다.

그런 분위기를 아는지 모르는지 회의석상을 박차고 나온 데이비스 기사단장은 혼잣말저럼 되뇌었다.

"흥! 멍청한 겁쟁이들 같으니."

그때 그의 곁으로 한 명의 단원이 다가와 입을 열었다.

"어떻게 되었습니까?"

"명일 오전 중 출진이다."

"지금이 아니고 말입니까?"

"멍청한 귀족 놈들이 하는 짓이 그렇지."

"경계를 강화해야 하지 않겠습니까?"

"그래야겠지. 주둔지 전체를 경계할 순 없으니 본 기사단의 진영을 후미로 두고 경계를 두 배로 늘린다."

"명을 따릅니다."

데이비스 기사단장의 생각으론 지금 당장 103번 작전 지역을 치고 들어가야만 했다. 적에게 정비할 시간을 주어서는 안 되는 것이었다. 지금 4번대 대장은 3개 대대를 잃었음에도 아직 상황을 너무 낙관적으로 판단하고 있는 것이다.

*　　　*　　　*

상황은 데이비스 기사단장의 예상대로 흘러가고 있었다.

4번대가 진을 치고 있는 곳으로부터 멀지 않은 곳에서 일단의 무리가 진영을 예의주시하고 있었다. 주변의 모든 곳을 통제할 수 있는 감제고지는 아니었지만 4번대가 주둔한 지역을 감시하기에는 충분히 훌륭한 곳이었다.

"내일 출진할 요량인 듯 보입니다."

"그래 보이는군."

"오늘 저녁이 적기일 듯싶습니다."

"그렇겠지."

단답형으로 오고 가는 대화. 카이론과 라마나였다. 언제 합류했는지 모르나 5백씩 2개 조로 흩어졌던 특전대대 전원이 합류한 상태였다.

"그리고 그린 후작 측으로부터 전령이 왔다고 합니다."

"이유는?"

"병력을 지원하겠답니다."

카이론은 피식 웃어버렸다. 말이 지원이지 분명 예이츠 백작이 거느렸던 세력을 규합하기 위해서 온 것일 테지. 게다가 이것저것 요구사항이 많은 것은 보지 않아도 알 수 있었다.

"조건은?"

"독자적인 작전권 보장과 군량 및 전투에 필요한 것을 지원해 달라는 것입니다."

"맨몸으로 오겠다는 말이로군."

"그렇습니다."

"얼마나 온다던가?"

"6만입니다."

"상당히 신경 써서 준비를 했겠군."

"아무래도 예이츠 백작 예하의 영지를 흡수할 요량이니 그 정도의 병력은 되어야 할 것입니다."

"아직도 반전을 꿈꾸고 있는 자가 있다는 이야기로군."

"어쩔 수 없습니다."

"잘됐어. 이참에 정리하는 것도 괜찮지."

"그들을… 정리하실 겁니까?"

라마나의 질문에 전방을 바라보고 있던 카이론의 시선이 라마나에게로 시선을 돌아갔다. 그리고 다시 전방을 바라보며 무심하게 입을 열었다.

"이 왕국, 얼마나 갈 수 있다고 생각하나?"

"……."

카이론의 급작스러운 질문에 라마나는 말없이 그를 바라봤다. 비단 그뿐만 아니었다. 아직 전투에 돌입하기에는 시간이 있기에 편하게 쉬고 있던 이들 중 카이론의 주변에서 붙어 떨어지지 않던 다섯 명이 귀를 쫑긋거리며 둘의 대화를 엿듣고 있었다.

사람들은 그들을 일컬어 다섯 별의 기사인 오성 기사라 일컬었다. 첫 번째 별이 키튼 알카트라즈, 두 번째 별은 프라이머 엔그로스, 세 번째 별은 해머슨 카르타고, 네 번째 별은 미켈슨 바이에른, 다섯 번째 별은 아시커나크 쉐도우.

하지만 최근 들어 새롭게 두 명이 너 주가되니 바로 불카투스 바엘가르와 시모 하이하였다. 몇몇 예니체리 사단의 인물들은 그들을 오성 기사가 아니라 세븐스타라 부르고 있었다. 예니체리에 존재하는 일곱 개의 별.

그 별 중 다섯 개의 별이 이곳에 있었다. 그리고 그들은 카이론을 서슴없이 대군주라 불렀다.

카이론은 이미 군주가 되어 있었다. 또한, 그런 대군주를 지근거리에서 보좌하는 가장 뛰어난 두 명의 현자가 있으니 그들은 스키피오 아프리카누스와 라마나 마하리쉬였다.

겉으로 표현은 하지 않았지만 카이론을 따르는 이들은 그들을 그렇게 호칭하며 막연한 꿈을 가지고 있었다. 혹시나 하는 꿈을 말이다. 그 혹시나는 결코 불가능하지 않았다.

카테인 왕국은 내전으로 접어들어 각자 자신만의 대권을 노리고 있고, 각 지역을 대표하는 귀족 세력들은 대권을 노리는 이들에게 줄을 대기에 여념이 없었다.

카이론 식으로 말을 하자면 지금 카테인 왕국은 사분오열에 춘추전국 시대와 같은 그런 상황이라고 할 수 있었다. 그런데 그 어지러운 상황에 무수한 어려움을 뚫고 당당하게 자신만의 세력을 형성한 그이고 보니 기대하지 않을 수 없었다.

"아마… 이대로 둔다면 10년 내에 새로운 왕국이 들어설 수 있을 것입니다."

"그렇지."

"그런데 왜?"

"조금은 답답한 생각이 들더군."

"어떤……."

라마나의 조심스러운 물음에 대답 대신 자신을 바라보고 있는 여러 사람들의 얼굴을 훑어보는 그였다.

"나는 이 왕국에 특별하게 정이 있는 것은 아니다. 귀족 가문의 서자로 장자를 돕기 위한 존재로 키워지고 있었고, 자신을 죽이지 못해 안달하는 계모와 나약한 아비, 그리고 젊은이들을 전장으로 내보내는 신뢰할 수 없는 왕국이고 보면 말이다."

"그야 뭐… 다들 그렇지 않겠습니까?"

"다들 그렇겠지. 그런데 어느 순간 그 상황이 답답해지기 시작했다. 무언가를 향해 달려가고 있음에도 불구하고 그 무언가의 실체를 잡지 못하고 맹목적으로 달려가고 있다는 생각이 들고서부터다."

"그래서 실체를 잡으셨습니까?"

"잡았지."

"물어도 되겠습니까?"

"나는 왕국의 왕좌에 오르고 싶다. 그래서 이 왕국을 그 누구도 함부로 대하지 못할 그런 왕국으로 만들고 싶다. 호시탐탐 아국의 영토를 노리는 나파즈 왕국을 복속시키고 싶고, 대국이라 하며 사사건건 아국의 역사를 자신의 역사로 둔갑시키는 하인스 제국과 대등하고 싶으며, 끊임없이 분란을 획책하며 아국에서의 입지를 강화시키려는 카렐리아 제국의 콧대를 눌러주고 싶다."

"……."

누가 있었다면 위험천만한 말이라 하며 당황하거나 호들갑을 떨었을 것이다. 하나 이곳에 있는 모든 이들은 당연하다는 듯이 받아들이고 있었다. 하지만 겉보기와 다르게 그들의 심장은 끝을 모를 정도로 빠르게 뛰고 있었다.

그리고 그 심정을 대변하는 첫 번째 행동은 바로 라마나로부터 나왔다. 그는 처음 카이론을 선택했을 때부터 오늘과 같은 날을 기다리고 있었다.

대륙을 호령하는 그런 순간을 말이다. 대륙 앞에 자신의 결심을 크게 외치는 지금 이 순간을 말이다.

"신 라마나 마하리쉬는 죽는 날까지 오로지 한 명의 대군
주이신 카이론 에라크루네스를 섬길 것을 이 세계의 주관자
이신 주신에게 명세합니다."

그리고 오직 왕국에서 단 한 명에게만 올릴 수 있는 극상의
예를 올리며 오체투지를 했다. 분명 그것은 라마나의 갑작스
러운 행동이었다. 하지만 그것은 굉장한 전염성을 지니고 있
었다.

그 나직하지만 확고하게 전해져 오는 의지를 읽은 라마나
를 제외한 세븐스타 역시 기사로서, 혹은 귀족으로서 자신
이 평생을 섬겨야 할 자신만의 로드에게 예를 올리기 시작
했다.

"그 말을 오랫동안 기다렸습니다. 신 키튼 알카트라즈. 신
명을 바쳐 이 목숨이 다하는 그날까지 카이론 에라크루네스
를 주군을 섬길 것을 고하나이다."

"너무 늦지 않아서 다행입니다. 신 프라이머 엔그로스 또
한……."

그리고 줄줄이 이어지는 세븐스타의 충성 서약. 누가 시켜
서 한 것은 아니었다. 그저 진정으로 오랫동안 기다려 왔다는
듯이 카이론이 자신의 의지를 내보이자마자 진심을 다하여
스스로의 의지를 내보인 것이었다.

"추웅!"

그리고 울려 퍼지는 나직하고 굵직한 울림이 있었으니 1천의 특전대대원이었다. 그들은 어떤 분위기 따위에 좌지우지될 그런 인물들이 아니었다. 그들은 이미 스스로 마음을 다스릴 줄 아는 익스퍼트의 기사들이었으니까 말이다.

강요한다고 해서 강요를 받아들일 정도로 무르지도 않은 이들이었다. 그러한 그들의 울림은 십만, 수백만의 외침보다 더욱 큰 울림을 가지고 있었다. 그리고 그들에게 지금 카이론의 선언은 정처 없이 이곳저곳으로 표류하던 자신들의 마음을 다잡아주는 지표가 되었다.

"나의 뜻을 모두에게 전해. 그리고 함께할 수 없다면 지금 떠나라고."

"명!"

라마나가 움직였다. 지금의 결심을 모두에게 전달해야만 했다. 그래야 빠르게 안정을 찾을 수 있기 때문이었다. 하지만 그다지 걱정하지는 않았다.

말을 하지는 않았지만 이미 모두가 그것을 생각하고 있었다.

문제는 새롭게 카이론의 휘하로 든 예이츠 백작을 따르는 무리일 것이다. 또한 그와 반목하고 있는 귀족들일 것이고 말이다. 물론 예이츠 백작과 반목하는 이들에게까지 지금의 상황을 전달할 필요는 없다.

그들은 카이론이 실각하기를 원하고 있을 터인데 지금 이 소식을 전하면 그들은 마치 죽은 시체에 몰려드는 하이에나처럼 그를 물어뜯으려 할 것이니까. 하지만 그조차도 별로 걱정되지 않았다.

카이론이라면 어떤 형식으로든 그 모든 것을 뚫고 자신이 말한 왕국을 세울 수 있을 것이라는 믿음 때문이었다.

지금껏 카이론은 단 한 번도 자신의 그런 기대를 어기지 않았다. 때로는 과격하게, 때로는 너무나도 자연스럽게 모든 것을 물 흐르듯 처리한 그였다.

그러하기에 자신이 그를 선택한 것이었다. 자신의 인생에 있어서 최고의 도박이 지금 이 순간 성공함을 느꼈다. 물론 그가 진정으로 하나의 왕국을 세우고, 단단한 왕국의 초석을 마련했을 때에야 자신의 도박은 끝이 나겠지만 말이다.

'마음을 정한 것인가?'

그때를 같이하여 카이론의 머릿속으로 울리는 소리가 있었다. 바로 알프레드 슐리펜의 정신감응이었다.

'덕분에.'

'다행이로군.'

'어떤 의미에서?'

'내 유희를 계속할 수 있어서 말이지. 여기서 네가 포기하

면 난 정말 유희를 포기해야 했거든.'

'유희일 뿐인가?'

'설마 나에게 인간의 감정을 강요하는 것은 아니겠지?'

'그렇군. 넌 중간계의 절대자이자인 드래곤이로군.'

'그렇지. 난 드래곤이야. 인간의 삶을 살지만 인간은 아닌 존재. 물론 나의 아버지의 경우 드래곤임에도 인간의 삶을 사시기도 했지만⋯ 지금에 와서 생각해 보면 왜 그랬는지, 왜 네가 이 카테인 왕국으로 왔는지 알 것도 같군.'

'인과라는 것인가?'

'알고 있었던가?'

어렴풋이 느끼고 있었다. 알프레드 슐리펜의 아버지, 칼리타고르가 세운 왕국이 바로 이 카테인 왕국이다. 인간으로 유희를 하면서 한 왕국을 일으킨 것이다.

그리고 지금 그 칼리타고르의 유지를 잇는 카이론이 카테인 왕국에 존재했다. 시작과 끝⋯ 칼리타고르로 시작된 왕국이 카이론으로 끝을 맺는 것인가?

'어렴풋이.'

'그런가? 그럴 수도 있겠군. 어쨌든 나는 나의 역할에 충실하면 되겠군.'

'1만의 예니체리 사단으로 적 4번대를 포위한다. 가능하겠나?'

'본신의 모든 것을 드러낼 수는 없지만 지금 나는 7서클의 대마도사. 매스 텔레포트나 게이트를 만들 수 있지.'

'명일 새벽까지 완료했으면 좋겠군.'

'좋아. 새로운 시작이로군.'

활달하게 답을 하는 알프레드 슐리펜. 알프레드의 입장에서는 확실히 신나는 일이었다. 왕국이 안정권에 들어 왕국을 경영하는 것도 흥미롭지만, 새로운 왕국을 만들어가는 인간들의 역동적인 삶 역시 흥미롭기 그지없었다.

그리고 그 순간 카이론의 결심은 예니체리 사단을 통해 모든 이들에게 전달되었다.

실로 순식간에 이뤄진 전파였다. 물론, 그 파장은 결코 작지 않았다. 어떤 이는 당연하다는 듯, 어떤 이는 너무 늦었다는 듯, 어떤 이는 갑작스러운 그의 선언에 당혹스러움을 감추지 못했다.

"이거… 잘못되면."

"어차피 이미 한 배를 탄 입장이 아니던가? 진작 했어야 할 결심이었네."

"하지만 지금 상황에서라면 그리 쉽지 않을 터인데요. 주변의 견제가 너무 심합니다."

"아직 확실하게 기반조차 없는 상황이니……."

예이츠 백작과 그를 따르던 귀족들과 기사들이었다.

이미 이럴 줄 알았다는 듯이 너무 늦은 선언이었다고 하는 이가 있는 반면에 대부분은 걱정이 앞서고 있었다. 그들의 대화를 들으며 깊은 생각에 잠긴 예이츠 백작.

한참 갑론을박을 하던 귀족들과 기사들은 어느 순간 예이츠 백작을 바라보기 시작했다. 이런 중구난방의 대화는 끝도 없이 이어질 것이 뻔하기 때문이었다.

결국 이런 대화의 종지부를 찍어줄 사람은 그들이 따르는 예이츠 백작이라 할 수 있었다.

"어차피 그대들도 이미 짐작하고 있었지 않은가? 본 작은 이미 그의 휘하에 들었네. 또한 그를 나의 로드로서 따를 준비도 되어 있네."

담담하게 말을 하는 예이츠 백작이었다.

"하지만……."

"왜? 인정 못 하겠는가?"

"그야……."

"자네들도 참 딱하구만. 도대체 그 누가 있어 2만으로 10만을 격파할 수 있는가 묻고 싶네."

"그는 너무 과격합니다!"

"과격? 당치도 않은 말이로군. 그럼 10만이라는 적이 성문 밖에 있는데 그들을 다독여야 한다는 말인가? 평화 시라면 그것이 정답이겠지. 하지만 지금은 전시네. 자네라면 어떤 결정을 내렸는지 한 번 물어봐도 되겠나? 그들을 다독여 패할 것인가 그들을 강압하여 승리할 것인가?"

담담하게 이어지는 예이츠 백작의 말. 귀족들은 차마 그의 말에 어떤 토를 달 수 없었다. 전쟁이라는 것은 평민과 귀족을 가리는 것이 아니었다. 귀족이라고 해서 칼이 들어가지 않는 것도 아니고.

"자네들은 적에게 포로로 잡히면 몸값을 지불하면 살아남을 수 있다는 착각에 사로잡혀 있네. 그것은 저들이 자네들을 살려줬을 때에나 가능한 일이란 것을 모르는가?"

"그야……."

"그들이 자네들을 살려둘 것 같은가? 자네들을 대체할 전력은 많네. 자네들만이 자네들의 영지를 다스릴 수 있는 것이 아니라는 말이지. 인정하기 싫겠지만 평민 중에 귀족들보다 더 뛰어난 행정 능력을 가진 이가 부지기수네. 자네도 알잖은가? 하지만 인정하기 싫겠지."

예이츠 백작의 말은 참을 신랄했다. 귀족은 꿀 먹은 벙어리처럼 입술조차 달싹이지 못했다. 너무나도 신랄하게 자신들의 맹점을 파고드는 이유 때문이었다.

"평소 자네들도 그런 현실을 통탄하고 기존의 귀족들이 바뀌어야 한다고 말하지 않았나? 하지만 정작 자네들에게 그 순간이 오니 꼬리를 말고 있네. 그게 대체 무슨 경우인가?"

"저희들이… 크게 잘못 생각하고 있었군요."

"그러하네. 처음 그가 우리에게 했던 말을 되살려야 할 것이네. 내가 점령군이라면 망국의 귀족은 제거할 것이네. 왜냐고? 새롭게 시작하고 민심을 잡아야 할 판에 기존의 귀족은 어울리지 않거든. 그리고 나를 중심으로 그대들이 모였을 때 그대들에게는 정말 일말의 욕심도 없었나?"

"……."

누구도 답을 하지 못했다. 욕심? 당연히 욕심이 있었다.

대의를 가장한 사리사욕 말이다. 그래서 예이츠 백작의 그늘로 들어선 것이었다.

정치 상황을 보니 언젠가는 큰일이 있을 것을 감지할 수 있었고, 가문의 존속을 위해서, 혹은 어떻게 해서든 공을 세워 가문을 더 높은 단계로 끌어올리기 위해서 말이다.

"지금 아국은 사분오열되어 있다. 그러던 중 저들은 재상의 청을 받아 아국을 침공했다. 저들을 그대로 둔다면 아국은 어찌 될까? 그것은 불 보듯 뻔한 이야기네. 나파즈 왕국의 속국이 되거나 나파즈 왕국의 영토가 되겠지. 그런 나파즈 왕국을 홀로 막아서고 있는 자가 누구인가? 바로 카이론 에라크루네스네."

예이츠 백작은 잠시 말을 끊었다. 잠시의 침묵이 흐른 후 다시 그가 입을 열었다.

"공작과 재상, 그리고 군부의 실세가 각자 새로운 시대를 열겠다고 국력을 잘게 쪼개고 있는 상황에서 그리고 그런 생각을 가지지 말라는 법이 있을까? 아니 나는 오히려 그를 지지하고 싶군. 그는 중앙의 지원 없이도 이 왕국을 지켜내기 위해 스스로 피 구덩이 속에 발을 담그고 있는 유일한 사람이니까. 이런데도! 이런데도 그가 모사란가? 이런데도 그가 잘못된 길을 가고 있는 것인가? 고작 내 몫을 챙겨주지 않았다는 것 때문에?"

담담하지만 강력한 일갈을 날리는 예이츠 백작이었다.

"만약 그렇게 생각들 하고 있다면 내가 자네들을 잘못 본 것이겠지."

그 말과 함께 자리에서 일어서는 예이츠 백작이었다. 귀족들과 기사들은 그저 멍하게 자리를 지키고 있을 뿐이었다. 심장을 후벼 파는 말이었으나 예이츠 백작의 말 중에 틀린 것은 하나도 없었다.

중앙으로부터 버림받은 자신들은 그것이 싫어 하나로 뭉쳤고, 자신들의 권익을 보호하려 했다. 중앙 귀족들을 욕하면서도 어느새 자신들 역시 그런 중앙 귀족과 똑같은 행동을 하고 있었던 것이다.

"우리가… 진정으로 어리석었구려."

"크흐음. 거참. 백작 각하께서는 말씀도 잘하시는구만."

"난 먼저 일어나겠소."

한 명의 귀족이 자리를 일어나 정적을 벗어났다. 그 나름의 어떤 결심을 했을 것이 분명했다. 귀족들은 그런 귀족을 빤히 바라보았다. 그 뒤를 따라 또 다른 한 명이 자리에서 일어섰다.

"결정을 한 것이오?"

누군가의 물음, 자리에서 일어난 귀족은 자신에게 물어보는 귀족을 향해 시선을 돌렸다.

"결정을 하고 말고가 있습니까?"

"하면 왜 남아 있었던 것이오?"

노회한 귀족의 물음에 설핏 웃음을 떠올리는 귀족이었다.

"한 번 보고 싶어서 말이지요."

"무엇을 말인가?"

"과연 믿을 만한 사람들인가를 말이지요."

꿈틀.

일어선 귀족의 말에 볼 살을 씰룩이는 귀족들이었다.

"감히……."

노하는 귀족. 그런 모습을 보며 피식 웃어버리는 귀족. 자리에서 일어나 과감한 말을 던진 귀족은 다름 아닌 프리스트 자작이었다.

"전투가 일어나기 전… 저는 분명 구원을 요청하자 했습니다. 한데 반대했지요. 지금은 예이츠 백작께서 당연하다고 말씀하시는 것을 두고 고민하고 계십니다."

프리스트 자작의 말에 얼굴을 딱딱하게 굳히는 노회한 귀족. 프리스트 자작은 회의용 탁자에 두 손바닥을 대고 몸을 앞으로 기울여 뇌회한 귀족에게 얼굴을 들이 밀었다.

"제가 보기에는 지금 스로우트 자작의 얼굴에는 사사로운 욕심이 가득하군요. 대의? 대의는 무슨 얼어 죽을 대의냐? 내가 살아야 대의도 있는 것이다. 그리고 나는 대의보다는 내 목숨, 내 가문이 더 중하다."

"……."

프리스트 자작의 말에 얼굴을 푸들거리면서도 아무런 말도 하지 못하는 스로우트 자작이었다. 틀린 말이 아니었다. 아니 자신의 속마음을 정확하게 읽어내고 있었다. 그런 스로우트 자작을 보며 희게 웃는 프리스트 자작.

"해서 지금 저울질 좀 해보자. 어느 쪽이 나을까? 들리는 소문으로는 그린 후작 쪽에서 전령이 왔다고 하던데 그쪽으로 선을 대어볼까? 아니, 그린 후작 쪽에는 귀족이 많지. 하면 맥그래스 백작 쪽이 훨씬 유리할 것 같은데 말이지."

"다, 당치도 않은……."

거세게 반발하는 스로우트 자작. 그런 스로우트 자작을 바라보며 비웃음을 떠올리는 프리스트 자작.

"늙어 욕심과 아집에 사로잡힌 자."

"무, 무어라! 말 다했는가?"

"아직 하지 못한 말이 산처럼 쌓여 있지. 당신은 예전에도 그랬지. 나의 가문에서 손을 내밀 때에도 당신은 30년 친구를 자신의 이익을 위해 배신했으니까."

프리스트 자작의 말에 크게 숨을 들이쉬었다. 자신의 과거가 들통 난 것이었다. 모른 줄 알았다. 그때 겨우 열 살 남짓했던 프리스트 자작이었다. 그런데 모든 것을 정확하게 꿰고 있는 것이다.

"그, 그때는……."

"변명은 그만하시지요. 추합니다."

그러면서 프리스트 자작은 허리를 펴며 스로우트 자작을 중심으로 아직까지 결정을 내리지 못하고 있는 몇 명의 귀족을 바라보며 입을 열었다.

"선을 갈아타시려면 빨리 결정하시는 것이 좋을 겁니다. 아시겠지만 우리들의 군주 카이론 에라크루네스께서는 기다려 주는 분이 아니십니다. 원래했던 방식대로 다시 한 번 배신하시고 빨리 이익을 쫓아가시길 바랍니다. 그분께서 남부를 일통하는 그 순간까지 가문은 온전히 보존될 것입니다."

그 말을 남기고 프리스트 자작은 자리를 벗어났다. 당돌한 행동이었으나 이곳에 있는 그 누구도 그의 행동에 대해서 어떤 말조차 할 수 없었다.

대의명분이나 혹은 작위로 그를 어찌 해볼 수 없다는 것을 알기 때문이었다.

그들은 프리스트 자작이 사라질 때까지 침묵을 고수했다. 그러다 그의 모습이 완전히 사라졌을 때 소심스럽게 스로우트 자작에게 묻는 이가 있었다.

"어찌하실 요량입니까?"

스로우트 자작을 따르는 세 명의 귀족 중 한 명인 크라운 남작이 조심스럽게 물었다. 하지만 스로우트 자작은 그저 주먹을 꽉 쥐고 프리스트 자작이 사라진 곳을 향해 쏘아볼 뿐 어떤 말도 하지 않았다.

그는 지금 분노하고 있었다. 과거의 악령이 자신을 분노하게 하고 있는 것이었다.

모든 것이 완벽하게 끝났다고 생각했다. 하지만 아니었다. 세상에 완벽한 것은 없었다. 애초에 비밀이라는 것 자체가 없을지도 모를 일이었다.

비밀로 하기에는 그 사실을 아는 이가 이미 있기 때문이었다.

자기 자신, 그리고 자신과 비밀을 공유하는 한 명, 그리고 하늘이 알고 땅이 알고 있음이니 이미 비밀이 아닌 것과 같았다.

하지만 그렇다 하더라도 용납할 수 없었다. 이제 와서 과거를 후회할 수는 없었다. 자신은 권력에서 밀려나고 있었고, 과거의 악령은 권력의 중심으로 가고 있었다.

"그린 후작과 맥그래스 백작에게 밀사를 보내야 할 것 같군."

"그린 후작이야 전령이 도착해 있으니 따로 밀사를 보낼 필요 없이 은밀하게 선을 댄다면 가능할 수 있을 것입니다. 하지만 맥그래스 백작은……."

"이곳의 상황을 알리고, 그린 후작의 동태를 알려야 하겠지."

"위험하지 않겠습니까?"

"어차피 위험은 언제나 존재하는 것이네. 지금은 물러설 수 없음이야."

"알겠습니다."

* * *

남부 귀족들은 이합집산을 하며 들끓기 시작했다.

그린 후작이나 맥그래스 백작조차 아직 자신의 뜻을 결정하지 않은 상황에서 대외적으로 명확하게 선언을 해버린 카이론의 말은 귀족들을 들끓게 하기에 충분했다.

이미 아군이라고 생각했던 이들 중에도 세력의 균형추를 생각해 돌아서는 자도 있었으며, 자신의 신념대로 행동하는 이들도 있었다. 중앙과 북부에서 벌어지는 내전과는 다르게 남부는 남부 나름대로 몸살을 앓기 시작했다.

하지만 남부 전체에 커다란 파문을 일으킨 당사자인 카이론은 날이 저물자 작전에 돌입하고 있었다. 지금은 이곳에 집중해야만 했다.

많은 일이 얽히고설키겠으나 우선은 현실에 집중하는 것이 정답이었다.

"오늘따라 달도 없군."

"다크 문은 아닌데 잔뜩 흐려서 이거야 원."

"그러게 말이네."

4번대 본대 경계를 담당하는 경계병들이 조금을 을씨년스러운 날씨에 나직한 푸념을 늘어놓았다. 달도 없는 밤. 우중충하고 축축함이 몸을 파고들어 조금은 으슬으슬하다는 생각마저 들었다.

그때 한 치 앞도 제대로 보이지 않는 전방을 바라보던 경계병들의 뒤로 어둠이 움직이기 시작했다. 아니, 어쩌면 어둠이 아닐지도 몰랐다. 하지만 경계병들은 전혀 그런 기척을 느끼지 못하고 있었다.

그만큼 그들의 움직임은 은밀하고 신속했다. 그때 한 명의 경계병이 무언가 이상한 기분을 느껴서인지 조금은 두려운 목적으로 전방과 좌우를 봤다.

"이봐! 왜 그래?"

"아니, 뭔가 이상해서 말이지."

"이상하긴. 어두울 때는 흰 곳을 너무 오래 보지 말라 했잖은가? 어둠은 상상을 현실로 만들어 버리니까."

"커흠. 그, 그런가? 분명 뭔가 있었던 것 같은데."

"실없는 소리를 하기는."

정말 실없는 소리일지도 몰랐다. 너무나 긴장한 나머지 말이다. 실없는 소리라 일축했던 병사 역시 괜한 마음에 큰 소리를 치기는 했지만 결코 마음이 편한 것은 아니었다. 그 또한 병사와 다르지 않았던 기분이었으니까.

그에 자신이 너무 과했나 싶어 고개를 돌렸을 때였다. 그 순간 병사의 동공이 커졌다. 그때 그와 마주하고 있던 병사 역시 병사를 바라봤고, 그 병사 역시 동공이 커질 수밖에 없었다.

"읍!"

어둠 속에서 검은색 손이 튀어 나와 병사의 입을 막았다.

그에 소리를 지르려는 그 순간 그들의 목을 스치고 지나가는 빛살이 있었다.

스각!

두 명의 병사가 동시에 짧은 경련을 일으킨 후 이내 축 처졌다. 누군가 그 둘의 겨드랑이를 잡아 조심스럽게 자리에 누였다.

어둠 속에서 눈동자가 반짝거렸다. 그들은 죽은 병사를 바닥에 조심스럽게 내리고 주변을 둘러 본 후 서로를 보며 고개를 끄덕였다.

그리고 곧바로 다시 움직이기 시작했다. 그 위장이 어찌나 대단한지 그들이 움직이지 않았다면 결코 쉽게 그들을 발견해 낼 수 없을 정도였다. 또한 그들의 움직임은 은밀함 속에서 신속함을 가지고 있어 순식간에 어둠 속으로 스며들었다.

그 순간 카이론은 4번대 중앙 가장 큰 막사 위의 허공에 모습을 드러내고 있었다. 마치 중력의 영향을 받지 않은 것처럼 너무나도 자연스러운 모습이었다.

그는 서서히 하강했다. 하지만 어떤 누구도 그를 발견해 내지는 못했다.

그러다 어느 순간 그의 신형이 사라졌다. 그가 사라진 순간 중앙의 거대한 막사 주변을 순찰하던 기사가 그가 사라진 허공을 바라보았다. 그러다 검지로 자신의 머리를 툭툭 건드리면서 무언가 의심쩍다는 생각을 가졌다.

"이상하군."

"무엇이 말입니까?"

"방금 무언가를 본 것 같은데……."

"어디 말입니까?"

병사의 물음에 기사는 별다른 말을 하지 않고 그저 아무것도 없는 허공을 응시할 뿐이었다. 그러다 고개를 살짝 저으며 입을 열었다.

"아니, 아니야. 내가 잘못 본 것이겠지."

기사는 자신이 잘못 본 것이라 여겼다. 분명 그럴 것이었다.

'인간이 허공에 있을 수는 없겠지. 마법사가 아닌 바에야… 마법사. 마법사?'

갑자기 기사가 다시 허공을 바라봤다. 하지만 허공은 여전히 아무것도 없었다. 기사는 급히 검병을 잡아가며 주변을 살피며 나직하게 입을 열었다.

"경계!"

"……."

하지만 바로 복명복창이 이어져야 할 병사들의 목소리가 들려오지 않았다.

터더덕!

푸욱!

그에 무언가 위화감을 느낀 기사는 곧바로 병사들에게서 멀어졌다. 그때 등 뒤와 목 뒤로부터 따끔하다는 느낌이 들었다. 고개를 내려 자신의 가슴을 바라보려 했다. 뭐라고 소리를 지르려 했다.

하지만 목소리는 나오지 않았고, 심지어는 목조차 숙여지지 않았다.

쏴아아!

바람이 불어왔다. 그 바람이 목과 심장을 통해 자신의 등 뒤로 빠져나갔다.

스르르.

투두둑!

두 명의 병사와 한 명의 기사가 그대로 쓰러졌다. 그리고 어둠 속에서 한 명의 기사가 모습을 드러내니 예의 카이론이었다.

그는 무심하게 쓰러진 병사와 기사를 훑어 본 후 중앙의 가장 거대한 막사를 향해 걸음을 옮겼다.

그가 막사의 입구를 열고 들어서는 그 순간 그의 양옆에서 빛살이 그를 관통해 들어갔다. 그와 동시에 카이론의 신형이 허깨비처럼 흩어지며 손에서는 두 자루의 검이 튀어 나와 좌우를 쓸어갔다.

"큭!"

짧은 비명 터졌다.

"누구……."

스각!

또 한 명의 기사가 소리를 지르려는 그 순간 목에 꽂힌 단검이 있었다. 목을 부여잡고 그대로 쓰러져 가는 한 명의 기사와 미간 한가운데 콩알만 흰 구멍이 뚫려 죽은 두 명의 기사. 그 순간 취침에 들었던 유니언 4번대 대장은 재빠르게 검을 찾아 전투태세를 갖추었다.

"누구냐!"

"카이론 에라크루네스."

"뭐?"

"네가 찾던 사람."

"네놈이!"

유니언 4번대 대장은 소스라치게 놀랐다. 적의 병력을 지휘하는 사령관이 직접 적진에 침투한 것이었다. 절대 있을 수 없는 일이 벌어졌으니 절로 놀라지 않을 수 없었다.

"…미쳤군."

카이론의 말을 듣고 그가 했던 두 번째의 말이었다.

"그런가?"

그러면서 등 뒤에 수납되어 있던 언월도를 빼드는 카이론이었다. 그에 유니언 4번대 대장은 무기를 꺼낼 시간을 주지 않겠다는 듯이 득달같이 달려들어 위에서 아래로 검을 그어 내렸다.

쉬아악! 카앙!

하지만 막혔다.

언월도를 빼 막은 것이 아니라 빼드는 그 상태 그대로 등을 돌려 날아드는 검을 막은 것이었다.

크그극!

그리고 무언가가 갈리는 듯한 소리가 들려왔다.

"이익!"

유니언 4번대 대장은 이번 공격으로 모든 것을 마무리 짓겠다는 듯이 그대로 힘으로 찍어 눌렀다. 하나, 카이론의 언월도는 여전히 기괴한 소리를 내며 서서히 뽑혀지고 있었다. 그 순간 유니언 4번대 대장은 자신의 검에 더욱더 강한 힘을 불어넣었다.

마나가 전신을 돌아 검에 담겨졌다. 검을 쥔 손에는 굵은 핏줄기가 솟아올랐다. 하지만 여전히 카이론의 언월도는 뽑혀져 나오고 있었다. 아니, 이제는 거의 다 뽑혀지고 있었다.

"우와아악!"

악을 쓰며 뒤로 물러나는 유니언 4번대 대장. 두 가지의 노림수였다. 주변에 알려 병사를 부름과 동시에 상대방에게 두려움을 주기 위한… 하지만 두 가지의 노림수 모두가 전혀 통하지 않았다.

막사의 주변은 고요했고, 상대는 이미 언월도를 뽑아 들고 자신을 향해 비스듬하게 전투태세에 돌입하고 있었다. 전투태세에 돌입하지 않았어도 그를 어찌해 볼 수 없었다. 그런데 완벽한 전투태세가 갖춰짐에 유니언 4번대 대장은 마른침을 삼킬 수밖에 없었다.

위험했다. 아주 지극히 위험했다. 그에 유니언 4번대 대장은 눈을 돌려 주변을 훑었다. 자신을 지근거리에서 수호하던 세 명의 기사는 이미 죽어서 싸늘하게 식어가고 있었다.

그들은 데이비스 단장 예하에 소속된 절망의 기사들이었다.

그런 그들이 제대로 힘도 써보지 못하고 이미 싸늘한 주검이 되어 있는 것이었다. 그에 자신에게 절대적으로 불리하다는 것을 깨달은 유니언 4번대 대장이었다.

'제길! 소리가 들렸을 텐데 왜 아무도 안 오는 거지?'

이렇게 된 이상 시간을 끌 수밖에 없었다. 하지만 시간을 끌 어떤 방도조차 생각나지 않았다. 상대는 자신을 노림에 일말의 망설임이나 혹은 두려움조차 가지지 않아 보였기 때문이었다.

"굳이 이럴 필요 있나?"

"시간을 끌려는가?"

단박에 자신의 의도가 간파당했다.

꿀꺽!

"쌍!"

자신도 모르게 욕설이 튀어나왔다. 자신의 낮은 수가 상대에게 완벽하게 읽혔기 때문이었다.

그에 유니온 4번대 대장은 검으로 바닥을 긁어 올리며 흙을 카이론에 흩뿌리는 동시에 그에게 쇄도해 들어갔다. 순간적으로 상대의 이목을 속이는 행위.

카이론은 슬쩍 한 걸음 옆으로 움직였다. 딱 흩뿌려진 흙이 닿지 않는 공간까지 말이다. 그리고 언월도의 도첨으로 좌로해 수평으로 유지한 채 마치 순간이동을 하듯 4번대 대장의 옆을 스치고 지나갔다.

스각!

"큽!"

찢어질 듯 부릅뜬 눈.

터엉!

4번대 대장의 손에 들려져 있던 검이 힘없이 바닥으로 떨어져 내렸다. 유니언 4번대 대장은 흔들리는 몸으로 고개를 숙여 자신의 아래를 바라보았다. 복부에 혈선이 그어졌다.

"어… 찌, 이럴 수가……."

투둑!

그러면서 그대로 앞으로 쓰러지는 유니언 4번대 대장.

그때였다.

"저, 적이다!"

"우와아아!"

하나의 외침과 엄청난 함성이 동시에 카이론의 귓등을 때렸다. 침투했던 누군가 발각된 것이겠고, 새벽까지 준비하라던 예니체리 사단이 그대로 4번대의 진영으로 짓쳐드는 소리일 것이었다.

"사, 사령관 각하!"

그때 막사의 입구를 다급하게 열고 막사로 들어서는 자가 있었다. 막사로 들어서는 자는 그대로 굳어졌다. 확 풍겨오는 비릿한 냄새. 그자의 눈이 막사를 살폈고, 마침내 네 구의 시신과 한 명의 거구의 사내를 발견할 수 있었다.

"누, 누……."

하지만 사내는 결코 자신의 말을 입 밖으로 내뱉을 수 없었다. 머리 위로 떨어져 내리는 날카로운 도신에 그저 입을 벌리고 있을 뿐이었으니.

촤하악!

사내의 중심선으로 혈선이 그려졌다.

쩌억! 푸화악!

핏물이 막사를 뒤덮었다.

카이론은 가볍게 피를 털어내고 막사를 벗어나고 있었다.
그때 그의 곁으로 홀홀 떨어져 내리는 이가 있었으니 바로 알
프레드 슐리펜이었다.

"빠르군."

"늦출 이유가 없으니까."

"활약을 기대하지."

"고맙군."

마치 아무렇지도 않다는 듯이 담담하게 대화를 이어가는
둘이었다. 이미 막사 밖은 치열한 전투가 벌어지고 있는 상황
이었다. 명일 출전을 위해 충분한 휴식을 취하고 있던 나파즈
왕국군이었기에 불의 기습에 우왕좌왕하고 있었다.

기습도 적은 병력도 아닌 1만이 넘어가는 기습 병력이니
어찌 보면 압도적이라 할 수 있을 정도였다. 하지만 단 한 곳
은 그 양상이 조금 달랐다. 바로 4번대 후미로 빠져 있던 절
망의 기사단이 있는 곳이었다.

"저들인가? 금단의 마법을 사용했다는 이들이?"

"금단의 마법?"

"흑마법이라고 하지."

"그렇군."

절망의 기사들이 있는 곳에는 1천의 특전대대가 움직이고 있었다. 애초에 1천 특전대대의 목표는 바로 그들이었으니까 말이다.

"가지."

카이론은 어느새 언월도를 빼들어 어깨에 걸치고 걸음을 옮기고 있었다. 그는 절대 뛰는 법이 없었다. 하지만 그의 일 보 일 보는 그 어떤 빠름보다 더 큰 압박을 주고 있었다.

제3장

절망의 기사 II

Warrior

"덤벼! 덤벼, 이 새끼들아!"

"캬아아악!"

두 겹 세 겹의 포위망.

절망의 기사들은 분노가 하늘로 치솟고 있었다.

절망의 기사를 상대하는 자는 극히 소수였다. 그들을 상대하는 자들은 결코 열을 넘지 않았다.

하지만 그 열 명의 실력은 치가 떨리도록 무서웠다. 특히 3m에 달하는 거구는 정말 무서웠다. 그는 절망의 기사들이 있는 한가운데 떨어져 내렸다. 처음엔 코웃음 쳤다. 미친놈이라고. 하지만 결코 미친놈이 아니라는 것을 깨닫는 데에는 그리 오래가지 않았다.

덥썩!

그에게로 달려드는 절망의 기사의 머리를 그대로 움켜쥐는 거인. 그리고 마치 으스대듯이 흰 이를 드러내며 웃으며 자신을 포위한 절망의 기사들을 훑어보았다. 그 모습은 절로 소름이 끼칠 정도였다.

"끄아아아~"

퍼걱!

악력으로 절망의 기사의 머리통을 부숴 버리는 자.

"죽엿!"

데이비스 기사단장은 외쳤다.

처음에는 이런 같잖은 기습 따위 금방 처리하고 4번대 대장한테 콧대를 세울 생각만 했었다.

그는 거인이 진영 한가운데로 뛰어들고 열 명 남짓한 이들이 기사단원들을 학살하기 시작하자 자신의 생각이 틀렸음을 처절하게 깨달을 수 있었다.

적들은 이미 절망의 기사를 파악하고, 그들을 상대할 수 있는 전력을 데리고 온 것이다.

처음에는 믿을 수 없었다.

그들은 절망의 기사이다. 기사 위의 기사이며 이미 인간의 한계를 뛰어 넘는 신체 능력과 회복 능력, 그리고 최후의 한 수를 손에 쥔 절망의 기사 말이다.

세상에 대체 무엇이 이런 자신들을 두렵게 할 수 있단 말인가?

한 명의 절망의 기사가 달려 나갔고 머리가 터져 죽었다. 그것을 시작으로 열 명 남짓한 절망의 기사가 피를 뿌리며 죽어갔다.

순식간이었다. 죽음이라는 것은 자신들의 몫이 아니었다. 패배라는 것은 자신들이 알아야 할 단어가 아니었다.

그런데 죽음이라는 단어가 떠올랐고, 전투가 시작되자마자 패배라는 단어가 그들의 뇌리를 지배했다. 그리고 또 하나의 진정한 절망이 그들에게 다가오고 있으니 수많은 병사를 마치 쓸어버리듯 밀쳐 내고 다가오고 있는 자였다.

그들의 귓가로 들려오는 발걸음 소리. 전혀 의식하지 않아도 될 그런 것이었다. 그런데 이상했다. 사방은 병장기 부딪히는 소리와 전마와 각종 가축들의 울음 소리. 그리고 병사들의 악다구니 속에 잠겨 있었다.

그 난장판 속에서 70여 절망의 기사들에게 확연하게 들려오는 발자국 소리.

한 걸음 한 걸음이 그들의 척추를 오그라들게 만들었다. 아직 그들의 눈으로 확인할 수는 없었다. 지금 그들은 말도 안 되는 자들을 상대하는 데 정신없었기 때문이었다.

"끄아아악!"

"크흐으!"

절망의 기사들이 변신하기 시작했다. 도저히 인간의 모습으로는 그들을 감당해 낼 수 없다는 생각에서였다. 그것은 그들 깊숙한 곳에서 내재하고 있던 공포가 형상화된 것이라 할 수 있었다.

죽음이 무섭지만 겉으로 냉정함을 내세워 강하게 억제했던 그들의 내면이 절대적인 공포 앞에 수면 위로 떠오른 것이라 할 수 있었다.

신장이 커지고 손톱이 길어지고, 피부가 돌처럼 딱딱해지거나 미끄러운 비늘이 돋아났다.

눈동자가 파충류의 그것처럼 변하기 시작하는 자, 혹은 피처럼 붉어지는 자 등 각양각색의 괴물 모습이 그들을 둘러싼 특전대대원들의 눈앞에서 벌어지고 있었다.

"이건 뭐, 골라 먹는 재미가 있구만."

키튼은 그 와중에도 침을 탁 뱉어내며 한 명… 아니, 한 마리의 목을 베어나가고 있었다. 변신하는 도중에 죽음을 맞이한 절망의 기사. 변신 도중이어서인지 몰라도 원래 인간의 모습으로 돌아오지 않았다.

인간의 모습과 몬스터의 모습이 절반 정도 혼합된 모습. 그 모습은 상당히 기괴했으며 보는 이의 눈살을 절로 찌푸리게 할 정도였다.

그런 괴물을 사체를 그저 말로 툭 차고 앞으로 걸어 나가는 키튼의 모습.

"좀 빠르네?"

미켈슨이 한 명의 기사의 심장에서 클레이모어를 꺼내 들며 입을 열었다.

"키아악!"

그때 그의 옆구리를 향해 무언가 빠르게 다가왔다.

카앙! 서걱!

"케헤익!"

인간의 목소리가 아닌 몬스터의 기괴한 비명 소리가 들려왔다. 팔 하나를 절단해 버린 미켈슨이었다. 하지만 그는 슬쩍 눈살을 찌푸릴 수밖에 없었다. 완전히 잘려 땅에 떨어진 기사의 오른팔.

길게 돋아난 손톱과 마치 나무를 연상시키는 모습이었다. 그런 팔이 꿈틀거리고 있었다. 그러더니 슬금슬금 뿌리? 아니, 가지가 자라나더니 자신의 원래 주인이 있는 곳으로 길게 늘어지기 시작했다.

"별 거지같은……."

콰직!

"크흐읍!"

자라나는 나무 팔을 그대로 발로 밟아 짓이기는 미켈슨. 그에 멀찍이 떨어져 있던, 온통 나무껍질의 형상으로 변한 자의 입에서 답답하고 사방으로 공명하는 목소리가 들려왔다.

"죽.인.다."

딱딱 끊어지듯 공명하는 목소리.

투두두둑!

그와 함께 흙더미가 일어나기 시작했다. 그리고 수십 줄기의 뿌리가 흙먼지를 일으키며 그를 향해 쇄도했다.

"이건 뭐… 나무뿌리냐?"

어처구니없다는 듯한 표정.

촤라락!

그의 앞에서 급작스럽게 솟아오르는 나무뿌리. 하지만 여느 나무뿌리와는 전혀 달랐다. 날카로운 송곳처럼 미켈슨의 전신 요혈을 노리고 있었던 것이었다. 그에 미켈슨은 가볍게 클레이모어를 휘둘렀다.

"끼아아악!"

본체가 아닌 뿌리임에도 불구하고 날카로운 비명 소리가 들려왔다. 그리고 녹색의 수액이 사방으로 튀었다. 잘려 나나간 나무뿌리는 이내 꿈틀거리면서 다시 다른 나무뿌리와 합쳐지고 있었고, 또 어떤 나무뿌리는 꿈틀거리면서 사방으로 튄 수액을 흡수하고 있었다.

더 크고 더 단단해지고 더 빨라진 나무뿌리의 공격.

미켈슨은 정신없이 공격해 들어오는 나무뿌리가 짜증 난다는 듯이 클레이모어를 크게 한 번 휘둘러 주변 수십 줄기의 나무뿌리를 일거에 잘라냈다.

후두두둑!

그리고 동시에 그는 클레이모어를 아래로 끌며 득달같이 앞으로 튕겨져 나갔다. 그 모습이 어찌나 사납던지 원거리에서 뿌리를 이용해 그를 괴롭히던 나무 모양의 절망의 기사는 화들짝 놀라 나무뿌리를 더욱더 많이 그를 향해 쏘아 냈다.

"챠하앗!"

그의 클레이모어가 쭈욱 늘어나며 나무 몬스터로, 아니 엔트로 변한 자의 심장을 향해 검을 뻗어 나갔다. 클레이모어에는 붉은색의 화염이 넘실거리고 있었다.

순간 엔트로 변한 절망의 기사는 심각한 위험을 깨닫고 나뭇가지로 변한 수없이 많은 팔을 마치 채찍처럼 휘둘렀다.

하지만 채찍처럼 변한 엔트의 나뭇가지는 미켈슨의 근처에도 가지 못했다. 오히려 나뭇가지가 잘려 나가며 나무와는 상극인 불의 마나가 잘려 나간 나뭇가지로 옮겨가 불에 타들어가고 있었다.

"키에에엑!"

역시 인간의 비명이 아닌 몬스터의 비명이 토해져 나왔다.

"너희들은 몰랐겠지. 기사라도 마나의 수발이 일정 이상 숙련되면 그 속성을 조금이나마 바꿀 수 있다는 것을 말이다."

마법사가 아닌 이상 마나의 성질을 완벽하게 바꿀 수는 없었다. 하지만 마나라는 것은 이 세상의 모든 것을 포함한 것. 그 속에 불 속성이 없으리라는 법은 없었다.

그래서 상급의 기사에게는 언데드나 속성을 가진 몬스터도 죽이지 못할 존재가 아니었다. 어렵지만 죽일 수 있는 것이다.

소드 마스터에 오르면 더욱더 그러했다.

미켈슨은 그것을 카이론에게 전수받은 마나 호흡법을 해석하면서 새롭게 깨닫게 되었다. 그리고 그것을 지금 이곳에서 사용했고, 보기 좋게 성공한 것이라 할 수 있었다.

그 순간 엔트가 된 절망의 기사는 발광을 하기 시작했다. 불이란 나무 몬스터에 상극이기도 하지만 그 자체로 정화의 기능을 가지고 있었다.

정화의 속성이 있는 불과 물, 그리고 뇌전은 모든 몬스터에게 상극이라 할 수 있었다.

그런데 그런 상극에 정통으로 당했으니 어찌 그 고통이 일반적인 고통과 비견될 것인가? 마치 그것을 증명이라도 하듯이 나뭇가지를 따라 번진 불씨는 어느새 엔트 전체를 활활 태우고 있었다.

"죽어라!"

푸칵!

미켈슨의 클레이모어가 엔트의 중심 어림을 베고 지나갔다.

쩌저저정.

"키헤에엑!"

시끄럽고 기괴한 비명을 지르며 엔트의 중심부에 있던 코어가 깨어져 나갔다. 그리고 점점 엔트가 변하기 시작했다.

5미터에 이르는 거대한 크기가 줄어 인간의 모습으로 돌아가고 있었다.

인간의 모습으로 돌아온 절망의 기사는 가슴을 부여잡고 있었다. 그가 부여잡고 있는 가슴에서 선명하고 진득한 핏물이 끝없이 흘러나오고 있었다.

그 기사의 눈은 놀람에 커지고, 생명이 빠져나감에 말 그대로 절망으로 물들어가고 있었다.

"어, 떻게……."

"난 사람이고 넌 몬스터니까."

"나 또한……."

"사람이라고 말하고 싶은 건가? 저걸 봐. 저게 사람인가?

아니, 네놈이 변신했을 때 정말 사람이었을까? 너는 사람이 아니라 몬스터야. 힘에 도취해, 힘을 너무 갈구한 나머지 그 힘 속으로 빨려 들어가 오로지 적의만을 가진 그런 몬스터 말이다."

"그……."

하지만 가슴을 부여잡은 절망의 기사는 더 이상 어떤 말도 이을 수 없었다. 이미 그의 눈동자는 회색으로 물들어가 가고 있었으며, 그의 전신은 삐쩍 말라가고 있었다.

생명력이 완벽하게 빠져나간 모습이었다.

"후우~"

미켈슨은 엔트로 변한 절망의 기사를 보다 주변을 훑어보았다. 그리고 또 다른 한 명의 절망의 기사를 발견했다.

"염병할. 뭔 놈의 세상이……."

그는 다시 전장 속으로 뛰어들어 갔다.

전세는 점점 예니체리 사단의 특전대대에게 넘어가고 있었다. 1천의 익스퍼트. 그중 대부분은 전투에 참여하지 않고 오로지 견제와 경계만 했다.

그리고 열 명 남짓한 인원들만 눈으로 보고도 믿지 못할 정도의 무력을 자랑하며 차근차근 절망의 기사들을 사냥했다.

맞다. 이것은 사냥이었다. 전투가 아니었다.

그에 아직도 변신하지 않고 있던 데이비슨 단장은 기어코 변신을 시도하기에 이르렀다.

어떻게 해서든지 이들을 살려가야만 했다. 절망의 기사는 한정되어 있다. 그런 그들을 함부로 죽일 수는 없었다. 그래서 결정을 내릴 수밖에 없었다.

자신의 변신은 주변 생명력을 빼앗아 온다.

그 말은 자신의 주변에서 변신해 있는 절망의 기사들의 목숨을 담보해야 한다는 것이었다. 하지만 데이비슨 단장은 더 이상 망설이지 않았다. 한 명이라도 살릴 수 있다면 다수를 위해 소수를 희생시킬 수밖에 없으니 말이다.

"크하아악!"

변신하는 그의 주변으로 핏빛의 회오리가 휘돌았다.

"크흐으윽!"

그 핏빛 회오리는 주위의 기사들을 덮쳤고, 절망의 기사들은 순간 얼어붙은 듯 굳어졌다. 그리고 점점 핏빛으로 물들어가더니 이내 핏물로 녹아내렸다.

그리고 녹아내린 핏물은 데이비슨 단장에게로 스며들었다.

"크으~!"

그의 신장이 변했다. 눈동자가 변했으며, 그의 얼굴은 창백해다. 입술은 핏빛으로 얇아졌으며, 그 얇아진 입술 사이로 날카로운 송곳니가 모습을 드러냈다.

그는 뱀파이어가 되었다. 지성을 가진 뱀파이어 말이다.

변신 이후 전장을 둘러보던 데이비슨 단장. 그의 눈동자는 보이지 않았고, 동공 전체가 그저 검은색으로 물들어 있었다. 그런 그의 동공이 한곳으로 집중됐다.

"너인가?"

"뱀파이어인가?"

어느새 그의 앞에 카이론이 자리 잡고 있었다.

카이론은 데이비슨 단장의 물음에 답하지 않고 오히려 질문을 했다. 데이비슨 단장은 자신의 질문에 대답하지 않아도 별로 개의치 않는다는 듯이 어깨를 으쓱해 보였다.

"대가가 필요하지만."

"수하의 목숨을 대가로 한 변신이라……."

"더 많은 수하를 살리기 위해서는 어느 정도의 희생은 필요한 법이지."

"그런가?"

"그런 법이지."

"그럼 너도 죽어야겠군. 너희들보다 더 많은 나의 수하들을 위해서."

"큭!"

카이론의 말에 피식 웃어버리는 데이비슨 단장이었다.

"가능하다고 보는가?"

"불가능하다고 생각하나?"

"변신 이전이었다면 모를까 지금은 불가능하지."

무슨 말일까? 하지만 그 의문은 얼마 가지 않아 바로 풀렸다.

"헤이스트, 스트랭쓰, 샤프니스, 다크 실드."

연거푸 펼쳐지는 네 개의 마법. 그 마법은 살아남은 절망의 기사 전원에게 해당되는 것이었다.

그들의 움직임이 갑자기 변했다. 더 강해지고 더 빨라졌으며 더 포악해졌다. 순간적으로 그들을 사냥하던 열 명이 수세에 몰리는 듯한 모습을 보였다.

그 모습을 바라보며 허공에 떠 있던 데이비슨 단장은 날카로운 송곳니를 드러내며 웃음 지었다.

"원래 뱀파이어는 마법 종족이거든."

"마법이란 것… 너희만 사용하는 것은 아니지."

그때 그의 머리 위에서 또 다른 목소리가 들려왔다. 그에 데이비슨 단장은 목이 홱 꺾였다.

"헤이스트, 스트랭쓰, 홀리 샤프니스, 실드."

알프레드 슐리펜이었다. 그를 보는 순간 데이비슨 단장은 몸이 그대로 굳어졌다. 그는 지금 인간이 아니었다. 당연히 감각 역시 인간의 감각이 아니었다. 그는 알프레드 슐리펜이

누구인지 직감적으로 깨달을 수 있었다

"어떻게……."

"너희들을 쫓고 있었지."

"…우리들?"

"엄밀히 말하면 블랙 드래곤 다크니스가 흘린 어둠의 흑마법서를 찾고 있었다고 하는 것이 맞을 것 같군."

알프레드의 말에 데이비슨 단장의 눈동자가 흔들렸다.

"하지만 나는 지금 유희 중이지."

"그 말은……."

"이 전투에 관여하지 않겠다는 것이다. 유희 중인 나는 카이론 에라크루네스의 전속 마법사이니까."

"크흐으~"

알프레드의 말에 데이비슨 단장은 송곳니를 드러내며 날카롭게 웃었다. 이어 새빨간 혀로 얇고 붉은 입술을 핥았다.

'승산이 있다.'

그렇게 생각했다.

원론적으로 뱀파이어는 마법의 종족. 몬스터가 아니라 종족이라 일컬어진다.

불멸의 삶을 살고 인간보다 높은 정신력을 가지고 인간으로서는 상상조차 할 수 없을 정도의 신체 능력을 가진다. 물론 자신은 그저 하급의 뱀파이어일 뿐이지만 말이다.

저벅!

그때 그의 상념을 깨뜨리는 소리가 있었으니, 카이론이 앞으로 한 걸음 내딛는 소리였다.

이 난리통에 발걸음 소리가 들릴 리는 만무하지만 분명 그의 귀에는 선명하고도 명확하게 들려왔다.

"한 수가 있다는 건가?"

데이비슨 단장은 깨달을 수 있었다.

변신 전이었다면 전혀 알 수 없었을 카이론의 기세가 어렴풋이 느껴졌다. 하지만 그리 크게 걱정하지 않았다. 상대는 인간이고 자신은 뱀파이어라는 인간보다 상위의 종족이었으니까.

"죽.어.라."

쉬아악!

그가 사라졌다. 아니 검은색 연기가 되어 사방으로 흩어졌다.

검격이란 실체가 있어야 가능한 것. 실체가 없는 연기는 검격이 통하지 않는다. 카이론은 그에 멍하게 서 있을 뿐이었다. 그 모습을 보는 데이비슨 단장.

'크흐. 당황스러울 것이다. 실체가 없는 것에 검은 소용없으니.'

검은색의 연기 뾰족한 창이 되어 카이론의 심장을 노렸다.

카아앙!

'헛!'

거침없이 공격해 들어가던 데이비슨 단장은 심장이 튀어 나올 것처럼 놀랐다. 그저 멍하게만 보였던 카이론이 자신의 다크 스피어를 막아낸 것이었다.

그의 검은색 동공이 반짝 빛이 났다.

'다크 쉐도우.'

어둠의 그림자가 카이론을 향해 몰려들었다. 하나 데이비슨 단장은 아직 모르고 있는 것이 있었다. 카이론은 과거 이세상을 전혀 몰랐을 때에도 상급 마족을 상대했다는 것을 말이다.

뱀파이어가 아무리 마법 종족이라 하지만 기본적으로 어둠의 종족이라 마족의 권속일 수밖에 없었다. 아무리 뛰어나다 할지라도 마족의 그것을 넘어설 수 없는 것은 자명한 일이었다.

츠츠츳!

카이론의 언월도에서 뿌연 유백색의 무언가가 솟아나며 반경 5미터를 장악했다.

"끼아아악!"

그에 소름끼치는 비명을 지르며 검은색 먼지가 되어 사라져 가는 다크 쉐도우. 그 모습을 지켜보던 데이비슨 단장은 당혹스러웠다.

다크 스피어는 어떻게 막을 수 있을지 몰라도 다크 쉐도우는 달랐다.

물리력이 통하지 않는 다크 쉐도우였기 때문이었다.

다크 쉐도우를 상대할 수 있는 것은 오로지 성 속성의 무구뿐이었기 때문이었다. 아니면 성수라든지 말이다.

하지만 그런 것을 현세에서 구하는 것은 하늘의 별따기보다 어려웠다.

신이 부정되고 신전이 사라진 지 이미 오래이니만큼, 성스러움이란 인간 세계에서 찾아볼 수 없었기 때문이었다. 그런데 다크 쉐도우가 먼지처럼 사라진 것이었다.

'어떻게 이럴 수가……'

하지만 놀라고 있을 수는 없었다.

쉬아악!

그가 직접 움직였다. 두 번의 공격으로 마법이 그에게 통하지 않는다는 것을 깨달은 것이었다.

그렇다면 근접전으로 나갈 수밖에 없었다. 뱀파이어가 마법 종족이라고 해서 결코 근접전에서 밀리는 것은 아니었다.

단지 마법을 주로 사용했을 뿐.

길고 날카롭게 자란 손톱이 카이론의 안면을 훑어 내렸다. 카이론은 마치 낙엽처럼 움직였다. 풍압에 못 이겨 이리저리 움직이는 낙엽 말이다.

스르르. 스르르.

이러저리 움직인다. 전혀 상처를 입지도 않았고 심지어는 공격당하지도 않았다. 어둠이 그를 잠식해 들어오지도 못했다. 시간이 흐르면 흐를수록 데이비슨 단장 얼굴은 딱딱하게 굳어져 갔다.

그 이유는 될 듯 될 듯하면서도 되지 않은 공격. 그리고 점점 더 가면 갈수록 무거워지는 몸의 움직임 때문이었다.

'왜 이러지?'

모를 일이었다. 지금까지 단 한 번도 이런 적은 없었다. 점점 더 무기력해졌다. 그러기를 한참.

카하앙.

드디어 부딪혔다. 손톱으로부터 저릿한 감각이 팔을 통해 전해져 왔다.

"큽!"

답답한 신음 소리를 내며 뒤로 훌쩍 물러나는 데이비슨 단장. 어느새 카이론의 손에는 언월도에는 푸른색의 마나가 시리도록 푸르게 시전되어 넘실거리고 있었다.

"거기까지!"

"뭐?"

하지만 카이론은 질문을 허용하지 않았다. 무릎을 퉁기지도 않았다. 마치 마법의 블링크를 사용하듯이 순식간에 데이비슨 단장의 앞까지 도달하여 푸른 마나가 시전된 언월도로 데이비슨 단장의 심장을 그대로 쪼개 버렸다.

"크하아악!"

커다란 비명을 지르는 데이비슨 단장. 그는 미친 듯이 가슴을 부여잡고 뒹굴기 시작했다. 고귀한 모습은 어디에도 없었다.

바닥을 뒹굴고 있는 그의 얼굴은 새하얗다 못해 푸른 실핏줄이 얼굴 전체를 뒤덮었고, 검은색 동공에서는 검푸른 핏물이 줄줄 흘러나오기 시작했다.

"꺼허억!"

밖으로 드러난 데이비슨 단장의 얼굴은 수시로 변하고 있었다. 몬스터의 모습으로, 인간의 모습으로. 푸른색의 실핏줄이 얼굴 전체를 뒤덮고, 얼굴 전체의 껍질이 벗겨진 듯 붉게 달아오르기도 했다.

그러면서도 데이비슨 단장은 죽지 않았다. 카이론은 데이비슨 단장이 몸부림치는 곳으로 걸음을 옮겼다. 데이비슨 단장과 카이론의 시선이 교차했다. 데이비슨 단장의 모습은 이미 인간의 모습이 아니었다.

수없이 회복과 재생을 반복하는 지독한 고통에 시달리면서도 데이비슨 단장은 카이론을 죽일 듯이 노려보고 있었다.

아니, 으르렁거리고 있다는 표현이 더 어울릴 것이었다.

턱!

그 와중에 데이비슨 단장의 기괴하게 변한 손이 카이론의 발목을 잡았다. 심장이 갈기갈기 찢겨 죽어가고 있는 것은 분명했다. 하나 죽어가는 데이비슨 단장의 악력은 보통 이상의 것임에는 틀림없었다.

카이론은 그대로 발을 들어 올렸다.

"크르르르."

나직하게 으르렁거리는 데이비슨 단장. 이성이 없다. 눈동자는 붉은색과 검은색이 교차했다.

날카롭고 선명한 송곳니가 드러나고, 창백한 얼굴은 푸른색 실핏줄로 뒤덮었다.

카이론의 발목을 잡은 손은 나무뿌리처럼 비쩍 말라가고 있었다.

콰직!

부르르르.

카이론은 그대로 데이비슨 단장의 머리를 밟아버렸다. 뼈가 으깨지는 소리가 들려왔다.

카이론의 발목을 억세게 잡고 있던 데이비슨 단장의 앙상한 손이 떨려왔다. 핏물도 튀지 않았다. 인간에게 있어야 할 허연 뇌수조차 튀지 않았다.

그저 말라비틀어진 해골을 밟은 것처럼 퍼석한 먼지만이 가득했다. 머리에서부터 검은색 먼지가 생성되면서 모래처럼 흩어지기 시작했다.

푸스스스.

"크와아앙!"

"아우우우~"

그에 갑자기 변신한 절망의 기사들이 더욱더 포악해지기 시작했다. 조금 전까지 데이비슨 단장이 살아 있을 때까지는 조직적으로 활로를 개척하던 그들이었으나 데이비슨 단장이 죽는 그 순간, 오로지 본능만이 남았다.

카이론은 두 자루의 나노 튜브 블레이드를 전장으로 던졌다. 그리고 등 뒤에 메고 있던 언월도를 꺼내 들고는 뛰어 올랐다.

쫘아아악!

일도양단!

진정으로 그 단어가 뜻하는 바가 무엇인지 보여주는 행위라 할 수 있었다. 아무리 변신해서 트롤이나 웨어울프 못지않은 재생력과 회복력을 지녔다 할지라도 완벽하게 두 쪽으로 잘려진 신체를 회복하지는 못했다.

물론 변신한 절망의 기사들을 죽이기란 쉽지 않았다.

목을 자르거나 머리를 박살 내거나 심장을 갈기갈기 찢어

버리지 않은 한은 그 절대의 재생력으로 인해 다시 살아나니 말이다.

"허어~ 저런 방법도 있었군."

먼 거리에서 그 모습을 바라보는 키튼은 허탈한 웃음을 지어보이며 고개를 절레절레 저었다. 사람을, 아니 몬스터를 두 쪽으로 쪼갠다는 것이 말처럼 쉬운 것이 아니다.

사람보다 질긴 가죽과 단단힌 뼈.

그 뼈를 감싸고 있는 근육을 일거에 자르고 다시 회복할 여지를 주지 않을 적당한 빠름이 중요했다. 아무나 할 수 있는 것이 아니라는 말이 된다.

"저 양반 무식한 것 이제 알았수?"

엔그로스가 곁으로 다가온 절망의 기사의 목을 가르며 가볍게 답을 했다.

지금 그들은 전투가 한결 쉬워진 상태였다. 그동안 주변을 둘러싸고 견제만 하던 특전대대의 병력이 본격적으로 전투에 참여했으니 당연한 것이었다.

그들 중 하급은 3인 1조로 절망의 기사를 상대했다. 중급이면 2인 1조, 상급이면 홀로 그들을 감당했다.

우두머리가 죽어 전체적인 전력이 약해졌다고는 하지만 절망의 기사들은 결코 만만하게 볼 수 있는 그런 류의 것이 아니었다.

처음 절망의 기사를 사냥했던 10명. 그들은 홀로 절망의 기사를 맞아 두세 명은 충분히 제거할 수 있는 실력을 지닌 자들이었다.

특히 세븐스타는 최하 최상급의 실력이었으니 어쩌면 당연하다고 할 수 있었다.

한 왕국을 대표하는 기사단에서도 최상급의 기사는 보기 드물 정도였다. 그런데 세븐스타 전체가 최하 최상급의 실력자였다. 그리고 특전대대의 조장급 이상은 모두 중급의 실력자였고 말이다.

그러니 아무리 절망의 기사라고 해도 이들을 당해내기란 절대 쉽지 않은 일이었다.

거기에 이성과 지휘관을 잃었다.

이성과 지휘관을 잃은 그 순간부터 그들은 그저 조금 강한 몬스터와 다르지 않았다. 이런 이유 등으로 지금 그들은 사냥을 당하고 있었었다. 인간이 아닌 몬스터로서.

카이론이 날린 나노 튜브 블레이드가 조각조각 나눠지며 수십 개의 날카로운 표창이 되어 심장을 관통하고 미간을 관통하고 목을 잘라냈다.

인간의 검붉은 피가 아닌 몬스터의 검녹색 피가 사방으로 비산했다.

"쿠워억!"

그처럼 강대하고 포악했던 절망의 기사들이 이리 몰리고 저리 몰리면서 가죽이 갈라지고 뼈가 갈려 나가며 죽어나갔다.

그리고.

서걱!

마지막 남은 한 명의 절명의 기사가 목이 잘려 나가며 진득한 검녹색의 체액이 흘러내렸다. 3미디에 이르는 웨어울프로 변신한 거구의 기사가 마치 고목이 쓰러지듯 쓰러졌다.

쿠웅!

카이론은 가볍게 언월도를 휘둘러 검녹색의 피를 털어냈다.

위이잉!

허공에 회전하면서 그의 주변을 배회하던 나노 튜브 블레이드 역시 기괴한 소리를 내며 카이론에게로 돌아오며 그의 검은색 풀 플레이트 메일에 흡수되었다. 그는 더 이상 절망의 기사가 있는 곳을 바라보고 있지 않았다.

그가 움직이는 곳.

그곳은 아직도 전투 중인 곳이었다.

적은 쉽게 항복하지 않고 있었다. 이미 옥쇄를 각오한 듯이 말이다. 그 한가운데에는 목이 터져라 병사들과 귀족들 독려

하는 이가 있었다.

"물러서지 마라! 구원군이 올 것이다!"

"물러서는 자! 내 검이 용서치 않을 것이다!"

"와아아~!"

"죽여라!"

"항복이란 없다!"

여기저기에서 악다구니가 외쳐지고 있었다. 죽기를 각오하고 싸우는 적과 그러한 그들을 굴복시켜야 하는 아군. 필연적으로 죽음이라는 것이 도처에 산재할 수밖에 없었다.

"남쪽을 열어."

카이론이 입을 열었다.

그의 명령은 곧바로 나파즈 왕국군을 포위하고 있는 예니체리 사단에게 전해졌고, 예니체리 사단은 곧바로 포위망의 남쪽을 열었다.

그에 사방이 막혀 죽기를 각오하고 싸우던 나파즈 왕국군에서 동요가 일어나기 시작했다.

아무리 용맹하다고는 하나 살고 싶은 생각은 다 똑같다. 게다가 자신들의 맹렬한 공격 탓인지 남쪽 방향이 열렸으니 잘하면 살 수도 있지 않은가 말이다.

"남쪽! 남쪽이 열렸다."

"우와아~!"

그에 나파즈 왕국의 병력은 급작스럽게 남쪽 방향으로 쏠리기 시작했다. 원래 전진보다는 후퇴가 더 어려운 법이고, 전투를 치를 때보다 후퇴할 때 더 많은 사상자를 내는 것이 전장의 법칙이다.

완벽하게 상부에서 전해지는 명령을 충실히 지켜내며 후퇴를 했다면 그리 큰 문제가 없었을 것이다. 하지만 나파즈 왕국군은 그럴 만한 여유를 가지고 있지 못했다.

그것은 지휘를 하고 있는 귀족들이니 기사들 역시 마찬가지였다.

어떻게 해서든지 우선 이곳을 벗어나는 것이 먼저였다. 병사들보다 자신의 목숨이 먼저였으니 말이다. 승리를 하고 있다면 드러나지 않았을 균열이 패배와 함께 죽음이 임박하자 고스란히 드러나기 시작했다.

"이놈들! 축차적이다. 축차적 후퇴란 말이다!"

"으아아악! 비켜! 비키란 말이다!"

"으허어엉! 사, 살고 싶다! 난 살고 싶단 말이다!"

살 수 있는 길이 보이니 이제는 제정신이 아니었다. 어떻게 해서든지 살고 싶었다. 귀족이 검을 들고 무리지어 후퇴하는 병사들을 죽인다 할지라도 활로를 찾아 움직이는 병사들을 가로막을 수는 없었다.

그들은 이미 거대한 파도가 되어 남쪽으로 밀려들기 시작했기 때문이었다.

"추격하라!"

"항복하라! 항복하면 살 것이다!"

예니체리 사단은 열어둔 남쪽으로 미친 듯이 돌진해 가는 나파즈 왕국군을 보며 항복을 종용했다. 검을 놓고 그 자리에 무릎을 꿇는 자가 있는가 하면 죽을 둥 살 둥 본진을 따라 달려가는 이들도 있었다.

그러기를 한참.

콰차장.

"크흐읍!"

가장 선두에서 말을 몰아 퇴각하던 귀족 중 한 명이 마치 뒤에서 누가 잡아당기기라도 하듯 말 위에서 훌쩍 뒤로 날아가고 있었다.

"무, 무슨."

"저, 적이다!"

"전방에 적이다! 싸워라. 이곳을 뚫으면 살 수 있다."

"전진! 전진하라!"

그들의 퇴로를 막고 나선 이들은 다름 아닌 후방에서 절망의 기사단을 완벽하게 전멸시킨 특전대대였다.

뒤에서는 그 수를 알 수 없는 카테인 왕국의 병력이 쫓아오고 뚫린 줄 알았던 남쪽마저 카테인 왕국의 병력이 있으니 희망에서 절망의 나락으로 빠진 나파즈 왕국군이 악다구니를 치며 외쳐 댔다.

병사들은 자신들의 진로를 가로막는 카테인 왕국군을 향해 눈이 벌게진 채 미친 듯이 전진해 나갔다. 그리고 그들을 지휘하는 귀족들과 기사들은…….

좌우로 빠졌다.

자신들의 퇴로를 막고 있는 카테인 왕국의 병력을 향해 쇄도하는 것처럼 하면서도 비스듬하게 죄우로 빠시고 있었다. 앞뒤로는 막혔지만 좌우는 여전히 개방되어 있었기 때문이었다. 하지만 카이론의 눈을 피할 수는 없었다.

카이론은 아무렇게 널려 있는 창을 발로 툭 차올리더니 손으로 잡아 그대로 던졌다.

쾌에에엑!

날카로운 소리를 내며 날아간 창은 정확하게 한 기사의 등판을 강타했고, 그리고도 힘이 남아서 앞에 달려가던 기사를 한꺼번에 꿰어버렸다.

"너희들의 지휘관이 도망가고 있다. 싸울 것인가?"

"항복하는 자, 목숨은 살려준다!"

어느새 전장에는 그런 소리가 사방으로 울려 퍼졌다. 그 소리를 뒤로 하고 카이론은 말을 몰아 달려갔다. 달려가면서 항복하지 않고 자신을 향해 창검을 들이대는 모든 병사를 베어

넘겼다.

마치 짚단처럼 베어지는 나파즈 왕국의 병사들. 그가 말을 몰아가는 곳에 길이 생겼다. 마치 바다가 갈라지듯 갈라지고 있었다.

"이노옴!"

"죽어라!"

두어 명의 기사가 카이론을 향해 대항코자 했다.

하나!

스가가각!

사방으로 핏물을 쏟아내며 허공으로 그들의 목이 둥실 떠오를 뿐이었다.

"막아! 막으란 말이닷!"

그런 카이론의 돌격에 도망치던 귀족들은 발작적으로 외쳐 댔다. 그에 그들을 호위하던 기사들이 움직여 카이론을 막으려 했다. 하지만 이곳에는 카이론 혼자만 있는 것이 아니었다. 언제나 전장에서는 그를 그림자처럼 수행하는 이들이 있었으니, 바로 세븐스타였다.

그들이 움직이니 카이론을 향해 움직이던 일단의 무리들은 제대로 된 반격조차 해보지 못한 채 전장의 죽음으로 남을 수밖에 없었다.

"우와아악!"

그에 이판사판이라는 생각을 했는지 다시 말머리를 돌려 카이론을 향해 쇄도하는 몇몇의 귀족도 보였다. 하지만 그들 역시 말머리를 돌리는 순간 불귀의 객이 되는 것은 말할 필요도 없었다.

그런 모습을 한 명의 귀족이 어처구니없다는 듯한 표정으로 멍하게 지켜보았다.

"피하셔야 합니다."

누군가 그 귀족의 곁으로 다가오며 입을 열었다. 하지만 귀족은 전혀 미동조차 하지 않았다.

"주군!"

"어? 아!"

"피하셔야 합니다."

"어디로 말인가?"

"그야……."

"보게! 저들은 내 영지의 영지민이네. 저들을 두고 내가 갈 수 있는 곳이 어디던가? 내가 저들을 다 잃고 영지로 돌아간 다면 대체 어떤 누가 나를 따를 것인가?"

"하지만……."

"백기를 올리게."

"……."

항복을 해야 했다. 안타까웠다. 평소 주전파라기보다는 주화파에 가까운 주군의 성향이 너무나도 아까웠다. 뛰어난 역량에 비해 욕심이 너무 적은 그였기 때문이었다. 하나 그렇다 하더라도 자신이 택한 주군이니 주군의 말을 들어야만 했다.

"알… 겠습니다."

백기가 올라갔다. 그에 그들을 향해 맹렬하게 돌격해 오던 자들의 모습이 서서히 말의 속도를 줄이고 있었다. 그 선두에 카이론이 섰고, 그 뒤로 일곱 명의 세븐스타가 당당한 모습으로 말을 몰아오고 있었다.

카이론이 그 귀족의 앞에 서자 나파즈 왕국의 귀족은 말에서 내려 무릎을 꿇고 고개를 숙이며 외쳤다.

"나파즈 왕국, 북동부 울다임의 귀족 저스틴 카라카크 남작이 카테인 왕국에 항복을 선언하는 바이오."

"그 항복 받아들인다."

"고맙소."

"그는 현명한 자. 정중히 모셔라."

카이론은 그렇게 명령을 내렸다.

그렇다. 그는 현명한 자였다. 이곳으로 다가오며 카이론은 그와 그의 기사가 나누는 대화를 모두 들었다.

훌륭한 귀족이었다. 아집이 있는 것도 아니고 영지민을 생각하는 그런 영주였다.

가끔은 그런 귀족도 있는 모양이었다. 때문에 그는 비록 적이라고 하지만 충분히 대우받을 만한 자격이 있었다. 그가 끝까지 저항하고 옥쇄했다면 적지 않은 사상자가 속출했을 것이다.

궁지에 몰리면 쥐도 고양이를 문다고 했다. 죽음을 각오하고 달려드는 적만큼 무서운 존재는 없으니 말이다.

그것은 카이론에게 있어서 참으로 다행스러운 일이었다.

예니체리 사단은 오롯하게 자신만의 세력이라 할 수 있었다.

유일하게 자신이 믿을 수 있는 세력 말이다. 그 세력의 수가 줄어든다는 것은 정말 견디기 힘든 일이었다. 그런 면에서 보자면 항복을 선언한 울다임의 카라카크 남작은 자신에게 커다란 이득을 안겨준 사람이라 할 수 있었다.

그리고 그가 백기를 들어 올리자 격렬하게 저항하던 병사들 역시 무기를 내려놓고 무릎을 꿇었다. 살아남은 귀족 중 그가 가장 명망이 높았던 탓이었다.

평소 병사들을 알뜰하게 살피니 당연히 그를 따르는 이들이 상당히 많아지게 되었던 것이었다.

그중 몇몇 귀족은 아직도 돌격하라고 악다구니를 치고 있었지만 이미 전의를 상실한 병력으로 도대체 무엇을 어떻게 할 것인가?

결국 그들은 얼마 안 있어 수십 개의 창을 몸에 박고 죽음에 이르거나, 말에서 떨어져 큰 부상을 입어 인사불성이 되거나, 스스로 무기를 버리고 두 손을 번쩍 들어 올릴 수밖에 없었다.

"피해는?"

그러한 나파즈 왕국의 귀족들을 바라보며 카이론이 물었다.

"예니체리 사단 중 25명이 사망했고, 50명에 가까운 중상자가 발생했습니다."

"특전대대원은?"

"12명 사망에 5명이 중상입니다."

"다시 검을 잡을 수 있나?"

"불가능할 듯 보입니다."

"그들을 교관으로 돌린다."

"알겠습니다."

"전장을 정리하고 복귀한다."

"명!"

짧은 시간에 이뤄진 보고는 정확한 통계가 될 수 없었다. 실시간으로 인원을 점검한다 해도 상세하게 점검하는 것과는 다르니 말이다.

아마도 상세하게 점검한다면 더 많은 병력이 죽음을 당했거나 중경상을 입었을 것임에 틀림없었다.

누가 봐도 이것은 대승이라 할 수 있었다. 하지만 카이론의
입장에서는 아니었다. 하지만 어쩔 수 없었다. 희생 없는 전
투란 있을 수 없는 것이니까 말이다.

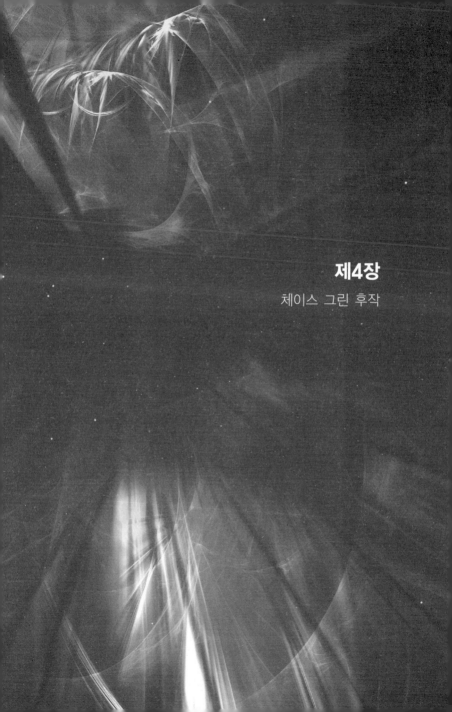

제4장

체이스 그린 후작

Warrior

　카이론은 4번대를 붕괴시키고 1백에 이르는 절망의 기사를 완벽하게 전멸시킨 후 전장에서 물러났다. 더 이상의 기습은 효과가 없을 것이기 때문이었다.

　저들도 이제는 경각심을 가질 것이다. 그러하기에 쉽게 움직이지 않을 것이었다. 물론 이곳에서 물러나지도 않을 것이다. 저들 입장에서서 이 다섯 개의 성으로 이루어진 죽음의 장벽은 반드시 함락해야만 하는 그런 곳이었다.

　진격도 후퇴도 함부로 허용하지 않는 죽음의 장벽… 그것은 자존심이었고 상징이었다.

그 다섯 개의 성을 죽음의 장벽이라고 부를 정도로 오랫동안 자신들을 괴롭히고 막아서고 있는 것에 대한 상징 말이다.

그러한 나파즈 왕국의 생각을 꿰뚫고 있는 카이론.

승전을 하고 돌아왔지만 그를 기다리고 있는 것은 그리 좋고 희망적인 것은 아니었다.

"승전을 축하드립니다."

어느새 프리스트 자자이 그의 곁으로 나가와 입을 열었다.

"음. 별일 없었나?"

"두 가지의 일이 있습니다."

"듣겠다."

"재상으로부터의 서신과 체이스 그린 후작, 프랭크 맥그래스 백작이 직접 온다는 전언입니다."

카이론의 그 말에 살짝 미간을 모았다. 재상은 아마도 길을 열라는 명을 내린 것이겠지. 이미 그의 출신에 대해서, 그리고 그의 원대한 계획에 대해서 모르는 바가 없으니 간단히 예상할 수 있었다.

하나 재상은 직접 움직일 수 없었다. 그는 지금 카테인 왕국의 패권을 두고 군부의 실세 귀족과 거나하게 한 판 뜨고 있으니 말이다.

문제는 체이스 그린 후작이었다. 남부의 공왕이라 불리

는 자.

남부에서 그의 권력은 절대적이었다. 그의 아성에 도전하는 도리안 예이츠 백작이 있고 성격이 불같은 프랭크 맥그래스 백작이 있었으나, 그 둘이 힘을 쳐야만 겨우 체이스 그린 후작을 당해낼 정도로 말이다.

그러한 그가 직접 움직인다는 말이었다. 그리고 맥그래스 백작 역시 말이다.

그 이유는 뻔하다. 도리안 예이츠 백작을 휘하로 들인 카이론에 대한 파악을 위해서일 것이었다. 신흥 세력이라고 하기에는 너무 거대해져 있으니까 말이다.

물론 명목상으로는 카테인 영토를 침입한 나파즈 왕국을 막기 위한 긴급 대책 회의 때문이었다. 하지만 그 엉덩이 무거운 체이스 그린 후작이 그런 이유로 움직인다는 건 어린아이도 믿지 않으리라.

"대비를 해야겠군."

"그를 맞이할 준비를 할까요?"

"굳이 그럴 필요까지는 없지. 지금 우리는 평시가 아닌 전시니까."

"알겠습니다."

프리스트 자작의 말에 카이론와 라마나는 간단하게 방안을 마련했다. 그에 기다리고 있었다는 듯이 프리스트 자작이

품에서 두툼해 보이는 서신을 카이론에게 건넸다. 그것을 받아 든 카이론은 지체 없이 봉인을 뜯고 서신을 읽어내려 가기 시작했다.

그러기를 잠깐.

그는 서신을 라마나에게 건네주며 입을 열었다.

"국왕 전하의 절대 인장이 찍힌 공문으로 정식 서신을 보내라고 해."

그런 카이론의 말에 피식 웃으며 서신을 건네받은 라마나. 그 또한 알고 있었다. 현재 재상이 가지고 있는 것은 국왕의 사용 인장이지 절대 인장이 아니라는 것을 말이다.

사용 인장이란 각종 결재 서류를 국왕이 직접 혹은 간접적으로 사용할 수 있는 인장을 말함이고, 절대 인장이란 오로지 국왕만이 사용할 수 있는 인장을 말함이었다.

지금 카이론의 말은 국왕이 직접 재가한 인장이 찍힌 공문을 보내라는 말과 다르지 않았다. 그리고 지금 현 카테인 국왕은 절대로 재상에게 절대 인장을 찍어줄 수 없다는 것을 알고 있었다.

그의 상상 속에는 입에 게거품을 물고 노발대발하는 재상의 모습이 여실히 보이고 있었다. 자신이라도 그러했을 것이다. 대체 어떻게 생겨먹은 놈이기에 재상의 명을 귓등으로도 듣지 않는 놈인지 말이다.

"그리고……."

"조건을 달겠지요."

걸어가면서 카이론과 라마나가 대화를 시작했다.

그들의 대화 속에서 이미 재상의 서신 따위는 이미 잊혀진
지 오래였다. 내전을 종식시키기 위해 재상이 청한 나파즈 왕
국의 병력에게 길을 열라는 그런 얼토당토않고 말 같지도 않
은 명령을 담은 서신은 똥 닦는 휴지로조차 쓰이지 않을 것이
다.

때문에 지금 이 둘이 대화하고 있는 것은 무거운 엉덩이를
떼고 직접 행차하겠다고 하는 체이스 그린 후작과 프랭크 맥
그래스 백작이었다.

그들이 아무런 이유도 없이 움직일 리 없었으니까 그 이유
에 대해서 대화를 하고 있는 것이리라.

"조건이라면?"

"똑같은 목적인 것 같습니다. 서로 자신의 세력으로 편입
시키려는……."

"역시 그렇군."

라마나의 말은 카이론이 생각할 수 있는 범주를 벗어나지
않았다.

"어떻게 할까?"

"주군의 뜻대로."

이미 방향은 정해져 있었다. 또한 라마나는 카이론이 무슨 생각을 하고 있는지 읽고 있었다. 똑똑한 수하를 둔다는 것은 이래서 좋다.

"그럼… 보여주지."

카이론의 말에 라마나는 미미하게 미소를 떠올렸다. 그 힘을 만천하에 공개하겠다는 것일 게다.

반대급부가 있기는 할 것이다. 하지만 그것은 그리 오래지 않아 힘을 잃을 것이다. 카이론이라는 강력한 힘이 있기 때문에 말이다.

그렇게 되면 남부는 완벽하게 카이론의 아래에 그 기틀을 잡게 될 것이다. 물론 그 과정에 있어서 결코 아무런 피해도 입지 않을 수는 없을 것이나 라마나는 낙관할 수 있었다.

그 누구도 자신이 택한 주군의 발걸음을 멈출 수 없음을 말이다.

*   *   *

라마나가 눈앞에서 그리듯 선명하게 그려낸 미래는 생각 외로 빨리 다가왔다. 그린 후작과 맥그래스 백작이 하루 사이에 도착한 것이다.

같은 카테인 왕국의 남부라고는 하나 죽음의 장벽에 도달한 그들은 굉장한 피로감을 호소할 수밖에 없었다.

그럴 수밖에 없는 연유는 그들이 소수의 인원으로 온 것이 아니었기 때문이었다. 명목상으로 그들은 나파즈 왕국군의 침략 행위에 맞서 군사를 일으킨 것이기 때문이었다. 짧은 기간에 군사를 일으켰고 원거리를 짧은 시간에 주파했으니 어찌 그 피곤함이 필설로 다할 수 있으랴.

그들은 적어도 3~4일은 충분한 휴식을 취해줘야만 했다. 그 시간 동안 그린 후작 측의 6만 병력과 맥그래스 백작이 이끌고 온 4만의 병력을 한꺼번에 수용한 크릭 성은 폭풍의 중심처럼 고요하기 그지없었다.

하지만 그것은 외견으로만 그러하다는 말일 뿐이다. 하루 간격으로 도착한 그린 후작과 맥그래스 백작은 제대로 된 휴식조차 취하지 못하고 첨예한 신경전을 벌이며 소리 없는 전쟁을 치르고 있었다.

톡! 토옥! 톡!

체이스 그린 후작.

그는 자신에게 배정된 집무실의 고풍스러운 의자에 앉아 손잡이를 손가락으로 톡톡 두드렸다. 무언가 깊이 고민하는 그런 표정이었다.

"이거 쉽지 않겠군."

"아마도……."

그의 곁에는 그의 오른팔과 왼팔이라 불리는 참모장 알터 슈바이체른 백작과 기사단장 군터 마이어 백작이 자리하고 있었다.

그들의 얼굴은 고된 행군을 끝내고 들어왔음에도 밝지 않았다.

바로 그들과 하루 사이로 도착한 맥그래스 백작 때문이었다. 평소 예이츠 백작은 자신보다는 매그래스 백작과 더 돈독한 친분을 과시했다. 그럴 수밖에 없는 것이, 둘이 연합을 해야만 자신과 대적할 수 있기 때문이었다.

"정말 곤란하게 되었어."

그러하기에 연신 곤란하다는 표정을 지어보이고 있는 그린 후작이었다. 하나 그의 참모장인 슈바이체른 백작은 지금 상황이 그리 나쁘게 보지 않은 듯싶었다.

"딱히 그리 나쁜 상황은 아닙니다."

"음? 그런가?"

슈바이체른 백작의 말에 고개를 갸웃거리며 의문을 품어보는 그린 후작. 그의 그런 행동은 답변을 하라는 말과 다르지 않았다.

"예이츠 백작은 스스로 머리를 숙이고 에라크루네스 진압 사령관의 휘하로 들었습니다. 어떤 이유에서든 머리를 숙였다는 것은 에라크루네스 진압 사령관이 예이츠 백작의 새로운 맹주라는 것입니다."

"그야 당연한 것 아닌가?"

슈바이체른 백작의 말에 심드렁하게 대꾸하는 그린 후작. 휘하에 들었으니 예이츠 백작이 가졌던 모든 것을 에라크루네스 진압 사령관이 가지는 것은 당연한 말이었다.

하지만 중요한 것은 왜 그가 그런 당연한 말을 꺼냈느냐 하는 것이다.

그린 후작은 그 이유를 알면서도 의뭉스럽게 속내를 드러내지 않고 자신을 바보처럼 보이게 하고 있었다. 이것이 그의 스타일이었다.

그런 그린 후작을 바라보며 옅은 미소를 떠올리는 슈바이체른 백작. 그가 조용히 입을 열었다.

"그리고 에라크루네스 진압 사령관의 성정은 예이츠 백작과는 전혀 다르다고 알려져 있습니다."

"다르다? 어떻게?"

"그는 자신의 의견에 반대하는 자를 포용하지 않는다 합니다."

"포용하지 않는다라……."

이것은 위험한 말이다. 포용하지 않는다는 말은 독불장군이라는 말과 일맥상통하기 때문이었다. 하지만 지금 같은 상황에는 그의 성정이 딱 들어맞을 수도 있었다. 그래서 위험하다는 것이다.

"그럼 예이츠 백작이 왜 그를 선택했을까?"

"물론 성격 때문은 아닐 것입니다."

"다른 이유가 있다는 것이로군."

"그렇습니다. 그는 귀족보다는 국민을 더 앞에 둔다고 합니다."

"뭐?"

놀랐다. 국민을 앞에 둔다는 것은 무슨 말인가? 확대 해석할 필요는 없지만 명확한 것이 하나 있다. 바로 귀족의 특권을 인정하지 않는다는 것이다.

그 말은 귀족을 인정하지 않고, 견고하기 그지없는 신분의 벽을 허물 수도 있다는 것을 의미했다.

물론, 확대 해석일 것이다. 그저 귀족에 대한 좋지 못한 기억 때문일 것이라 생각할 수밖에 없었다.

그들도 들어서 안다. 카이론 에라크루네스 진압 사령관의 가문이 현재 내전을 주도하고 있는 세 세력 중 하나인 귀족군의 중추 세력이라는 것을 말이다.

그리고 그 가문의 서자라는 것 역시 너무나도 잘 알고 있었다. 그 정도는 조금만 주의를 기울인다면 마치 주워 담듯이 알 수 있는 사실이었다.

대체적으로 장자보다는 서자들이 체제에 대한 반발심이 강한 법이다.

"자격지심인가?"

"그럴 수도 있습니다."

"확실한 것은 아니로군."

"그야 만나봐야 하지 않겠습니까? 소문은 소문일 뿐입니다."

"그건 그렇지. 결국 직접 만나서 담판을 지을 수밖에 없다는 것인데… 역시 문제는 맥그래스 백작이야."

"맥그래스 백작도 정통 귀족 가문의 장자 출신입니다."

"그야 그렇지만 말이야……."

왠지 느낌이 좋지 않았다.

"깊이 생각하실 필요는 없다고 봅니다."

"깊이 생각하지 않을 수가 없지 않은가? 남부를 지배하는 세 세력 중 하나야. 간단히 상대할 수 있는 자가 아니야."

"그렇기는 합니다만 꼭 그만을 목표로 할 필요는 없지 않겠습니까? 맥그래스 백작도 있고, 여차하면 둘의 사이를 갈라놓을 수도 있습니다. 선택할 수 있는 방향은 상당히 많습니다."

"그건 그렇군."

확실히 그랬다. 그리고 하나 더. 아직 저들의 세력은 확실하게 다져진 것이 아니라는 것이다. 자신들은 토착 세력이고 말이다.

토착 세력과 외부 세력. 당연히 토착 세력이 더 유리하다.

게다가 흡수한 걸 소화할 시간조차 제대로 주어지지 않은 지금의 상황임에야 말해 무엇 할 것인가? 지금 상황은 오히려 자신들에게 유리할 수 있었다.

"일단 그를 만나야 하겠군."

"그것이 정답일 것입니다."

"그래."

결국 그렇게 결정 날 수밖에 없었다. 여기에서 뭔가를 결정 하기에는 카이론에 대한 정보가 너무나도 단편적이었기 때문 이었다.

엘리시온 아카데미까지는 비교적 평탄한 귀족 가문의 차 남으로서 성장했지만 군에 편입된 이후 그의 행보는 파격이 라 할 정도로 달라지고 있었다.

도저히 그동안 보여주었던 카이론 에라크루네스라고 상상 조차 할 수 없을 정도로 말이다. 겉모습을 제외하고는 완벽하 게 다른 사람이 된 것이었다. 결국 판단을 보류하고 직접 만 나 부딪혀 보는 수밖에 없었다.

'기우겠으나… 불안한 이 감정은 쉽게 가시지 않는군.'

그의 그런 느낌은 결코 틀리는 법이 없었다.

*　　　*　　　*

둥그런 원탁에 아홉 명이 둘러앉았다. 이런 둥그런 원탁도 처음 보았다.

원탁이니 어디가 상석이고 어디가 하석인지 알 수 없어졌다. 뭔가 트집을 잡고 싶어도 잡을 수 없었다.

원칙적으로 사각의 탁자라면 이곳의 주인인 에라크루네스 진압 사령관이 상석에 앉아야 한다. 하지만 그린 후작은 주인보다 높은 작위를 가졌다.

그렇게 따지면 상석은 당연히 그린 후작이 앉아야만 했다. 한데 상석이 없으니 주인이고 손님이고, 혹은 작위의 높고 낮음이 사라진 것이었다.

"크흐음!"

그린 후작은 불편한 헛기침을 할 수밖에 없었다. 처음 대면부터 이런 사소한 자리 배정을 물고 늘어져 유리한 입장을 고수하려 했으나 그것이 보기 좋게 물거품이 되었기 때문이었다.

그것은 맥그래스 백작 역시 다르지 않았다.

"먼 길을 오시느라 고생하셨습니다. 편히들 쉬셨는지."

"덕분에 편히 쉬었소."

"본 작 또한."

첫 마디는 카이론이 시작했다. 초대하지 않은 손님이기는 했으나 그렇다 하더라도 자신은 주인된 입장. 손님을 맞이하는 의례적인 인사치레를 한 것뿐이었다.

"두 분께서는 상당한 규모의 병력을 동원하셨는데……."

"그렇소. 저들이 재상의 청을 받았다고는 하나 국왕 전하는 정식적인 요청이 아닌 바에야 분명히 침략 행위라 할 수 있소. 이게 본 작은 구국의 일념으로 6만의 병력을 동원했소이다."

"본 작 또한 4만의 병력을 동원했소."

그린 후작의 말을 받아 맥그래스 백작 역시 간단명료하게 답을 했다. 이 한 번으로 카이론은 둘의 성정을 명확하게 파악할 수 있었다.

그린 후작은 명예와 형식을 중시한다. 맥그래스 백작은 명예와 형식을 중시하나 딱히 거기에 얽매이지 않는다는 그런 정도의 성정 말이다.

"고마운 일입니다. 하면 대동한 병력을 쪼개어 다른 부대에 배속하기보다는 그린 후작 각하와 맥그래스 백작 각하께서 직접 운용하는 것이 좋을 듯싶습니다."

"물론 그 방법이 가장 낫겠지. 그리고……."

여기서부터가 중요했다. 조건을 거는 것이다. 구국의 일념이라고는 했지만 정말 구국의 일념은 아닐 것이었다.

그린 후작은 귀족이었으니까. 그는 우유부단하게 귀족들의 말을 모두 들어주는 것처럼 행동하지만 언제나 결정적인 것은 놓치지 않고 챙겼다.

그 모든 것을 자신이 원했던 방향으로 유도한 것이다. 그는 그런 사람이다.

겉으로는 우유부단하고 정의감에 불타는 그런 모습이지만 그 속내는 그 누구도 알아차릴 수 없을 정도의 그런 욕심 많고 의뭉스럽고 게걸스러운 귀족이었다.

"말씀하시지요."

망설이는 그린 후작을 향해 조용히 입을 여는 카이론이었다. 예를 다한 그의 모습이었으나 그저 겉으로 보이는 모습이 그러할 뿐.

어느새 카이론은 여느 귀족과 다름없는 가면을 쓰고 그린 후작을 대하고 있었다.

"진압 사령관도 알다시피 사령관은 중앙에서 내려왔지만 그 이후 중앙에서는 어떠한 원조도 없네."

"그렇습니다."

순순히 인정하는 카이론. 그에 대화가 잘 풀린다 싶었는지 그린 후작은 조곤조곤하게 자신의 생각을 풀어내기 시작했다.

"또한 이 남부 지역은 중앙으로부터 오랫동안 외면받고 있는 상황. 그런 상황에서 중앙의 공문 없이 대규모의 병력을 움직인다는 것은 참으로 힘든 일이라 할 수 있네."

"인정합니다."

"인정한다니 다행이로군. 어쨌든 그러한 연유로 해서 대규모의 병력을 일으킴에 상당한 군자금이 소요된다는 게지."

"명확히 원하는 것이 무엇입니까?"

카이론의 직접적인 질문에 고개를 끄덕이는 그린 후작이었다.

"군자금을 대주게."

"어느 정도 선이면 되겠습니까?"

망설이지도 않았다. 마치 그런 말이 나올 줄 알았다는 듯이 곧바로 치고 나오는 카이론이었다. 그에 그린 후작은 '옳다구나!' 하는 표정이 되었다.

세상은 언제나 주고받는 관계이고, 원인과 결과로 이뤄진 것이니까. 그러하니 멍청한 귀족이 아니라면 지금 이 상황이 주고받는 관계임을 명확하게 인지하고 있을 것이었다. 그린 후작이 득의만만한 표정을 지어보일 즈음 카이론은 무덤덤하게 입을 열었다.

"오천에 이르는 병력을 세 달 동안 유지시키자면 14,000골드가 필요한 것으로 알고 있습니다."

"그야 물론⋯⋯."

"후작 각하께서 대동한 병력이 육만이니 열두 배를 지불하면 되겠군요. 세 달 동안 열두 배면 168,000골드입니다. 맞습니까?"

"어⋯ 그게⋯⋯."

너무나도 담담하게 말을 하는 카이론의 태도에 그린 후작은 명확하게 답을 하지 못했다. 계산은 자신의 몫이 아니니까 말이다. 그리고 168,000골드라는 금액을 저리도 가볍게 말을 할 줄은 전혀 예상치 못했기 때문이기도 했다.

5인 평민 가족이 한 달을 살아가는 데에 필요한 생활비가 1골드 63실버. 1년이 열두 달이니 1년에 19골드 56실버가 된다. 5인 평민 가족이 8,588년을 살아갈 금액을 단 세 달 만에 사용하는 것이었다.

그러함에도 불구하고 카이론의 표정은 전혀 달라지지 않고 있었다. 오히려 너무나도 담담해 지금의 이 상황이 진정으로 비현실적으로 느껴질 정도였다.

"아니, 뭐⋯ 부담스러우면 다른 것으로라도⋯⋯."

"지불하겠습니다."

"어⋯⋯."

카이론의 말에 그린 후작은 할 말을 잃어버렸다. 그 순간 그린 후작은 '168,000골드가 그리도 가벼운 금액이었나?' 하는 생각을 할 수밖에 없었다.

절대 가벼운 금액이 아니다. 그런데 영지를 가지지도 않은 귀족이, 그것도 남작이 무슨 돈이 있어서 168,000골드의 거금을 지불하겠다고 하는지 도무지 알 수 없었다.

"맥그래스 백작 각하께서도 지불을 원하십니까?"

"아! 난 뭐… 되었네. 어차피 진압 사령관을 돕기 위해 자발적으로 모은 군세일세. 군자금을 요구할 일은 아니지."

맥그래스 백작은 영활하게 답을 했다. 천생 기사라고 혹은 귀족이라고 그를 칭했지만 꼭 그렇지만도 않았다. 마치 한 마리의 여우같은 그런 느낌이었다. 보기와는 전혀 다른 머리 쓰임이었다.

"그, 그게 무슨……."

순간 그린 후작은 상당히 당황한 표정을 지어보였다. 그럴 수밖에 없는 것이 이곳에 들어오기 전 사전에 입을 맞추고 온 상황이었다. 서로 견제하고 있는 상황이기는 하나 그때는 그때고 지금은 지금이었다.

그런데 맥그래스 백작은 자신과의 약속을 어기고 발을 빼버린 것이었다. 그린 후작의 얼굴이 딱딱하게 굳어졌다.

'감히 네놈이…….'

지금까지 자신은 남부의 맹주였다. 예이츠 백작과 맥그래스 백작은 단독으로는 절대 자신을 넘볼 수 없었다. 그런데 지금 이 순간 그린 후작은 극한의 분노를 느끼고 있었다.

자신을 무시하고 있는 저들의 행태에 대해서 말이다.

"계약을 하시겠습니까?"

카이론이 물었다. 그에 딱딱하게 굳은 얼굴을 한 그린 후작은 날카롭게 눈을 번뜩이며 입을 열었다.

"그럴 필요 없네. 생각해 보니 맥그래스 백작의 말이 맞을 듯싶군. 진압 사령관이 국왕 전하의 명을 받아 출전하기는 했으나 중앙의 원조를 전혀 받지 못한 상황. 나파즈 왕국의 병력을 막는 데 필요한 전비까지 충당하기란 상당히 요원하다고 판단되는군. 나이가 드니 자꾸 건망증이 심해져서 말이야."

다시 자신의 말을 번복하는 그린 후작이었다. 이것이 바로 그린 후작은 장점이었다. 물러설 때는 확실하게 물러서는 것. 길이 아니면 굳이 그 길을 뚫고 나가려 고집하지 않았다. 물론 지금의 상황이 매우 난처하기에 오히려 자신의 말을 번복하는 것이 더 이득을 가져다주기 때문이기도 했다.

'맥그래스 백작! 두고 보자!'

하나 겉으로 드러난 대인배적인 기질과 그의 속마음은 전혀 딴판이었다. 그는 이글 갈고 있었다.

"고마운 말씀이십니다. 결정하시기 쉽지 않으셨을 터인데 구국의 결단을 내려주셨습니다. 먼 길을 오셔 아직 피곤이 풀리지 않으셨을 터… 오늘은 이만 회의를 파할까 합니다."

"그렇군. 사실 아직 피곤이 풀리지 않아서 말이오. 배려 고 맙소."

카이론의 말을 기다렸다는 듯이 그린 후작은 자리에 일어 서며 예를 다해 입을 열었다. 그리고 귀족의 예법에 맞게 당 당하고 여유로운 걸음으로 원탁 회의실을 벗어나고 있었다.

그런 그린 후작을 바라보며 미미하게 입꼬리를 말아 올리 는 맥그래스 백작이었다.

가면을 두른 얼굴이기는 했으나 그의 모습은 분명 당황해 하는 그린 후작을 보며 흡족해한다는 것을 느낄 수 있었다.

그런 맥그래스 백작 역시 자리에서 일어나 카이론에게 살 짝 목례를 하고 회의실을 나갔다.

카이론은 인사를 위해 자리에서 일어설 뿐이었다. 모두가 회의실을 벗어나자 카이론은 다시 자리에 앉았고, 새로운 사 람들이 카이론이 앉아 있는 주변으로 둥글게 자리를 차지했 다.

"일단은 그들의 연합이 깨진 것이로군요."

끄덕.

라마나의 물음에 카이론은 고개를 끄덕였다. 1단계 작전은 성공이었다.

어울릴 수 없는 세 명의 절대자들. 아직까지 그린 후작이나 맥그래스 백작으로부터 어떤 접촉도 없었다. 그 와중에 자신은 그들의 관계를 이용해 간격을 더욱 넓혔다.

카이론의 입장에서 나파즈 왕국의 침략군이나 그린 후작과 맥그래스 백작이나 다 동일선상에 놓인 존재들일 뿐이었다. 그들은 탐욕을 가지고 있다. 단지 국적이 다를 뿐. 그들이 원하는 것은 마찬가지였다.

바로 이곳. 죽음의 장벽을 자신의 수중에 넣는 것. 그리고 자신의 세력을 더욱 확대시키는 것. 그것 이외에는 어떠한 목적도 없었다.

그들이 스스로의 입으로 말하는 구국의 일념이라는 것이 진심일 것인가? 라고 묻는다면 당연히 '아니다' 라고 답할 것이다.

구국의 일념이었다면 전쟁에 소요되는 군자금에 대해서 언급하지도 않았을 것이며 이렇게 한창 전투 중인 와중에 병력을 몰아 이곳에 오지도 않았을 것이다. 전쟁이 일어나기 전에 도착하여 함께 적을 맞이했을 것이다.

"이제부터가 중요한 것이겠지."

"바엘가르 사단장은 콜먼, 메나드, 킴블, 토고, 네이런을 점령했으며, 마르탄 카플루스 사단장은 쥬마, 오리건, 하비에르, 반데라를 점령했고, 캐슬린 맥그로우 사단장은 서턴, 크로켓, 발베르데, 업턴을 점령했다는 보고입니다."

"모두 13곳이로군."

"그렇습니다."

"저항은?"

"별다른 저항은 없었습니다."

바엘가르가 사단장이 점령한 지역은 바가우티브 자작의 영지였고 카플루스 사단장이 점령한 지역은 게이트 자작의 영지와 그 가신들이 영지였으며 맥그로우 사단장이 점령한 지역은 그 외 그들에게 동조했던 이들의 영지였다.

카이론은 자신이 한 약속을 지켰다. 그는 화근을 등 뒤에 두고 전쟁을 치를 정도로 담대하지 못했다.

전쟁 중 무서운 것은 외부의 적이 아니라 내부의 적이었다. 그 내부의 적을 깨끗하게 일소하지 못한다면 전쟁은 절대 승리할 수 없다.

그것이 전쟁의 법칙이다.

그리고 이번에도 마찬가지였다.

체이스 그린 후작과 프랭크 맥그로스 백작 말이다.

그들 역시 내부의 적과 다름없었다. 자신의 야욕을 위해 내전과 전쟁을 빌미 삼아 이곳을 삼키려는 것은 나파즈 왕국군과 전혀 다르지 않으니까 말이다. 그러한 면에서 보자면 자신 또한 저들에게는 필히 제거해야 할 존재가 될 것이다.

이미 그들은 자신과 양립할 수 없는 존재라 할 수 있었다.

그럼에도 그들이 자신을 찾아온 이유는 일말의 가능성 때문일 것이다. 이제 그 일말의 가능성이 전혀 없음을 확인했으니 그들이 어떤 형태로 나올지가 중요했다.

카이론은 그것을 대비했다. 후방에서 착실하게 귀족들을 회유하고 세력을 확장하고 있는 스키피오와 티아고 남작을 움직일 것이었다. 그들은 이미 각 지점으로 이동해 카이론의 명이 떨어지기만 기다리고 있었다.

"다른 곳은?"

"대기 중입니다."

"그렇다면 이곳만 남았군."

"그렇습니다. 하나 적의 수가 너무 많습니다."

"결정을 보아야겠지."

결정을 보아야 했다. 솔직히 10만이라는 수는 상당한 부담이었다. 성 밖에 있는 10만은 무섭지 않다. 어떻게 해서든 그들을 물리칠 수 있으니까. 하지만 아군을 가장하고 성안으로 진입한 10만의 병력은 쉽게 어찌 해볼 수 있는 전력이 아니었다.

"예니체리 사단 중 남부 출신이었던 이들 몇 명을 투입했습니다."

"나쁘지 않군."

무덤덤한 얼굴로 그런 말을 내뱉었지만 결코 좋은 상황은 아니었다. 어쩌면 안팎으로 적을 맞이하는 최악의 상황일 수도 있었다.

그럼에도 카이론은 흔들리지 않았다. 자신이 흔들리면 모두가 흔들린다는 것은 자명한 사실이니까.

＊　　　＊　　　＊

댈럼의 드미트리우스 존슨 남작은 자신의 눈앞에 있는 자를 보며 딱딱하게 굳은 얼굴을 했다. 오래전 북부의 전장에 지원했다 실종됐던 오랜 친우인 더스틴 오즈킬리치가 있었기 때문이었다.

"자네⋯⋯."

"오랜만이로군."

"그⋯ 래."

"오랜만인데 차 한 잔 안 주나?"

"주지. 암, 줘야지."

오랜 친우를 보며 잠시 멍하니 있던 존슨 남작은 오즈킬리치의 말에 화들짝 놀라며 그제야 표정을 풀고 약간은 떨리는 목소리로 그를 맞이했다. 그러고는 대화가 없었다.

차가 나오고 모락모락 올라오던 김이 사라질 때쯤 이제는 조금 진정이 되었다는 듯 존슨 남작은 묵직한 목소리로 입을 열었다.

"어디 있었나?"

"알카트라즈."

"뭐? 어째서?"

"마르코 벨트란을 팼거든."

"마르코 벨트란이라면⋯⋯."

"브라이언 벨트란 백작의 아들."

"그게 무슨 말인가? 그의 말에 의하면⋯⋯."

"장렬히 전사, 혹은 적진에 뛰어들어 실종?"

아주 담담하게 말을 하는 오즈킬리치. 순간 존슨 남작은 그 안에 무슨 흑막이 있음을 깨달았다.

"말해 보게."

"군수품을 빼돌리더군."

"군수품을 말인가?"

"그래. 그래서 조사를 했지. 마르코 벨트란이 내 조사망에 걸리더군. 정보 길드의 길드원을 고용해 그 뒤를 캤네."

더 이상 듣지 않아도 존슨 남작은 그 후의 일을 알 수 있었다.

"발각되었군."

"그래."

"배후는 누구였나."

"알고 싶나?"

"…그래."

망설였지만 알고 싶었다. 존슨 남작이 망설였던 이유는 일말의 불안감 때문이었다. 그 배후가 자신이 생각하는 그 인물이 맞을까 봐 말이다.

"알터 슈바이체른 백작이더군. 그것을 확인하는 순간 나는 누명을 쓰게 되었네. 전시에는 즉결처분이었으나 내 아비의 간청으로 인해 목숨을 살렸지. 그 결과는 내 가문의 몰락이고 말이지. 아마도 가문의 재산은 고스란히 그린 후작에게 들어갔겠지. 슈바이체른 백작은 그린 후작의 오른팔이라 할 수 있는 자이니까."

"……"

침묵했다. 자신의 불안함이 그대로 맞아 들어간 탓이었다. 한참 동안 둘은 말이 없었다. 그러다 마침내 존슨 남작이 입을 열었다.

"이곳에 날 찾아 온 것은 나를 변심시키기 위한 것인가?"

"변심? 변심이라… 그렇게 생각하나?"

오래전 실종되었다 다시금 자신의 눈앞에 나타난 친우의 물음에 존슨 남작은 섣불리 그렇다고 말할 수 없었다.

그는 아직까지 그린 후작을 주군으로 삼지 않았다. 그를 주군으로 삼기에는 무언가 미진한 부분이 있었기 때문이었다.

"자네는 누구의 휘하에 있나?"

"카이론 에라크루네스 진압 사령관."

"그는 종군할 만한 사람인가?"

"그것은 자네가 판단할 일이지. 하지만 이것 하나는 분명하지. 나는 그를 주군으로 삼았다는 것. 차 잘 마셨네."

탁!

찻잔을 내려놓은 오즈킬리치. 그는 존슨 남작을 한 번 내려다본 후 어색한 웃음을 떠올리며 신형을 돌려세웠다. 그리고 막사의 출입문을 걷어 올렸다.

하지만.

"내가 어떻게 하면 되겠나?"

멈칫!

존슨 남작의 물음에 오즈킬리치는 몸을 멈춰 세웠다. 그리고 서서히 신형을 돌리며 자신의 친우인 존슨 남작의 눈동자를 응시했다.

"나 때문이라면 그런 결정을 하지 않아도 되네."

"아니, 그런 것은 아니야. 솔직히 마음에 들지 않았네. 내전 때문에 아무런 지원도 받지 못함에도 나파즈 왕국군을 막고 있는 진압 사령관을 도와주질 못할망정 검을 빼들다니 말일세."

"자네는… 아직 변하지 않았군."

오즈킬리치의 말에 존슨 남작은 씁쓸하게 웃으며 입을 열었다.

"세상에 변하지 않는 것은 없네."

"스스로 변했다는 말이로군. 한데 왜 그런 결정을 내렸나? 분명 세력적인 면에서 그린 후작은 가장 강력한 존재이거늘."

"속이 보이지 않네."

"나쁘지 않은, 오히려 장점이지 않은가?"

"하지만 최소한 나와 같은 곳을 바라보고 있다는 것은 알아야 하겠지. 가끔 그린 후작을 볼 때마다 과연 그는 나와 같은 곳을 바라보고 있는가, 지금 내가 가고 있는 길이 올바른 길인가를 의심하게 되네. 신뢰란 의심이 드는 그 순간 깨지게 마련이라네."

"그렇지. 신뢰라는 것은 확실히 그렇지."

"나는 변했지만 그래도 지키고 싶은 것은 있네."

"무언가?"

오즈킬리치의 물음에 존슨 남작은 가볍게 말아 쥔 손으로 자신의 가슴을 툭툭 치며 입을 열었다.

"신념이네. 그리고 우정이네."

오즈킬리치는 어색하게 웃음을 지었다. 오랫동안 잊어버렸던 것이 다시 찾아온 느낌이 들었다. 잊혀진 줄 알았다. 모든 것이 변했을 것이라 생각했다. 하지만 변하지 않는 것이 하나 있었다.

"난 행복한 놈이로군."

"살아 있어 주서 고맙네."

끄덕.

끄개를 끄덕이는 오즈킬리치.

"실망하지는 않을 것이네."

"실망해도 어쩔 수 없네. 난 그린 후작보다는 자네를 택한 것이니까."

둘은 서로를 보며 사내로서 어색한 웃음을 떠올렸다. 하나 꼭 이렇게 원활한 상황만 연출되지는 않았다.

그린 후작이 대동한 6만의 병력 중 1만 5천을 지휘하는 1사단장인 트레비스 캐러웨이 백작의 처소에서는 싸늘한 냉기가 돌고 있었다.

"네놈이 어쩐 일이더냐?"

자신의 전면을 무섭게 쏘아보며 냉엄하게 묻는 캐러웨이 백작. 그의 맞은편에는 그와 판박이처럼 생긴 이가 앉아 있었다.

캐러웨이 백작이 30대로 돌아간다면 분명 그 맞은편에 있는 이와 같았을 것이라 예상될 정도로 말이다.

사내는 말을 하는 대신 무언가를 꺼내 캐러웨이 백작에게 밀었다.

"무엇이더냐?"

"제 결백입니다."

"네놈 따위의 결백을 누가 필요하다고 하더냐?"

"필요 없어도 상관없습니다. 나는 밝히고 싶었을 뿐입니다. 그럼."

자신이 하고 싶었던 말은 모두 했다는 듯이 사내는 무표정하게 자리에서 일어났다.

"누가! 누가 내 허락 없이 자리에서 일어나라고 했더냐."

"하실 말씀이 있으십니까?"

사내는 여전히 선 채 캐러웨이 백작을 바라보며 무덤덤하게 입을 열었다. 그에 캐러웨이 백작의 노안이 파르르 떨렸다. 달랐다. 예전의 나약하고 소심했던 아이언 캐러웨이는 이 자리에 없었다.

"어디에… 있었더냐."

캐러웨이 백작은 갈라진 목소리로 한순간에 10년은 더 늙어 보이는 표정을 드러내며 물었다.

"알카트라즈에 있었습니다."

"그놈들 짓이더냐."

"그렇습니다."

"……."

대화가 중단되었다. 캐러웨이 백작은 한숨을 크게 내쉬었다. 그러다 팔을 들어 자신의 윤기를 잃은 탁한 회색 머리를 감싸 쥐었다.

"미안… 하다."

그때 캐러웨이 백작의 머리를 감싸 쥔 손 위로 굳은살이 박힌 거친 손이 얹어졌다.

"자책하실 필요 없습니다. 지나가 버린 과거가 아니겠습니까?"

아이언 캐러웨이의 위안에 캐러웨이 백작은 적잖이 당황했는지 그의 손길을 뿌리쳤다.

"같잖은 놈. 네놈에게 위안받을 내가 아님을 모르는가?"

"물론 그러시겠지요. 흰머리가 많이 느셨습니다."

느물느물하게 캐러웨이 백작의 말을 받아 넘기는 아이언 캐러웨이.

"하고 싶은 말이 있으면 해라."

"들어주시겠습니까?"

"10년 만에 아비를 찾아온 아들의 말을 들어줄 시간은 있다."

"그린 후작을 버리십시오."

서론도 없었다. 그냥 담담하게 직설적으로 말을 했다. 아비의 눈을 회피하지 않고 자신의 생각을 직설적으로 말하는 아들을 보며 캐러웨이 백작은 얼굴을 딱딱하게 굳히면서도 묘한 쾌감을 느꼈다.

"말 같지 않은 소리."

"버리시지 못할 이유가 있습니까?"

"배신을 하란 말이더냐?"

"배신이라… 그것이 배신이 됩니까?"

"하면 아니란 말이더냐?"

"진정 오로지 그 일념만으로 그린 후작을 택하신 겁니까?"

"무슨 말이더냐?"

캐러웨이 백작의 눈이 날카로워졌다.

"아무것도 원하는 것 없이 오로지 귀족으로서 그가 하는 행동이 옳다고 여기고 그를 따르시는 겁니까?"

"이 세상에 그런 귀족이 어디 있더냐? 그래, 나는 나의 가문이 영원토록 지속되고 번영하길 바란다. 그러하기에 가장 세력이 큰 그린 후작의 그늘로 숨어들었다. 그것이 어찌 잘못이라 할 수 있더냐?"

"잘못이라 하지 않았습니다."

"하면!"

"그런 의미라면 다시 그늘을 주는 나무를 바꿀 수 있지 않겠습니까? 비도 피하고 따가운 햇볕도 가려주고 시원한 바람도 주는 그런 거대한 나무로 말입니다."

"그 나무가 네가 택한 나무란 말이더냐?"

"그렇습니다."

단정적으로 답을 하는 아이언 캐러웨이. 그런 아들을 말없이 쏘아보는 캐러웨이 백작.

"하아~ 이미 늦었다."

"그렇다면 캐러웨이 가문은 멸문이겠군요."

"뭐라?"

"이미 진압 사령관의 그늘 아래로 모여든 이들이 그린 후작과 맥그래스 백작의 주요 거점으로 투입되어 명령만 기다리고 있는 상태입니다."

그에 눈을 부릅뜬 채 해연히 놀라는 캐러웨이 백작이었다. 그도 비록 사단장을 맡고 있기는 하지만 여러 가신을 거느리고 있는 대영주라 할 수 있었다. 그리고 나름의 정보 루트도 있고 말이다.

그런데 어떠한 정보도 들려오지 않았다.

또한 자신의 눈앞에 있는 아들놈이 택한 카이론 에라크루네스 진압 사령관에겐 이렇다 할 세력이 없는 것으로 알고 있었다. 있다면 이번 전쟁으로 흡수한 예이츠 백작 휘하의 귀족들이라 할 수 있었다.

하지만 그것조차도 온전히 흡수하지 못했다. 너무 강경한 탓이었다. 그런데 각 주요 거점에 병력이 투입되었다라고 말한다.

"흥! 말 같지도 않은 소리."

"진정 그리 생각하십니까?"

"그러하다. 너는 이 아비가 그토록 멍청하고 허술한 사람이라고 생각하는 것이더냐?"

"그렇지는 않지만 솔직히 상대를 너무 낮게 본 것은 사실입니다."

"어디 들어보자. 내가 무엇을 어떻게 낮게 봤는지 말이다."

그런 캐러웨이 백작의 태도에 슬쩍 웃음기를 떠올리는 아이언 캐러웨이.

"이번 2차에 걸친 나파즈 왕국군과의 전투에서 어떻게 승리했는지 알고 계십니까? 아니, 후작군과 백작군이 이곳에 도착하기 전에 이미 두 번의 전투가 있었다는 것을 알고 계십니까?"

"두 번?"

되물었다. 몰랐다는 의미일 것이다. 그저 대치 중일 것이라고만 생각했다. 조금 늦게 도착하기는 했지만 성 안팎 어디를 봐도 전투의 흔적은 볼 수 없었기 때문이었다. 대규모 전투의 흔적이란 감춘다고 해서 감춰질 만한 것이 아니었기 때문이었다.

"그렇습니다."

"헛소리!"

"왜 헛소리라 하십니까?"

"적의 병력은 10만. 이곳에 있는 병력은 고작 2~3만. 뿐만
아니라 전투의 흔적이 어디 있더냐? 그들은 공성전도 하지 않
았다더냐? 시체는 어디 있느냐? 죽은 자의 시체에서 흘러나
오는 혈향은 대체 어디 있더냐?"

"그것을 밝히면 제 말을 믿으시겠습니까?"

"믿지."

그에 아이언 캐러웨이는 무언가 캐러웨이 백작의 눈앞으
로 밀었다.

"무엇이더냐?"

"마법 크리스탈입니다."

"마법 크리스탈?"

"전투 상황을 저장한 영상이 있습니다."

"무… 뭐라?"

눈이 화등잔만 해지는 캐러웨이 백작.

설마 전투 마법사가 있을 줄은 몰랐다. 전투 마법사의 임무
중에는 적에게 대규모의 마법 공격을 하는 것뿐만 아니라 문
서로서 확인할 수 없는 전투 상황을 마법 크리스탈에 담는 일

또한 포함되어 있었다.

"설마 사단급 병력에 전투 마법사가 없다는 생각을 하신 것은 아니시지요?"

"크음. 어쨌든 보면 알겠군."

그에 아이언 캐러웨이는 마법 크리스탈에 마나를 불어 넣었다. 초록색으로 허공에 맺히기 시작하는 영상. 허공에 맺힌 영상을 보면서 캐러웨이 백작은 살짝 놀랐다.

허공에 맺힌 영상은 미니의 양이나 질에 따라 그 선명도가 달라진다.

지금 허공에 맺힌 영상은 바로 눈앞에서 보듯이 선명하기 그지없었다. 그것은 자신의 아들이 불어넣은 마나의 양과 질이 최상이라는 것을 의미했다.

'많이 컸구나.'

그러면서도 그의 시선은 여전히 영상을 보고 있었다.

영상을 보면 볼수록 그는 손을 말아 쥐고 땀까지 흘렸다.

전투는 치열했다. 10만의 병력을 맞이해 불과 하루 만에 세 개의 성이 떨어지고, 다시 그날 바로 함락된 성을 수복하고 적을 에워싸 패퇴시키는 장면이 보였다. 그야말로 가슴이 시원해지는 모습이라 할 수 있었다.

그중 한 사람의 무력이 단연 돋보였으니.

'저자가 카이론이군. 강하다!'

그랬다. 강했다. 이루 형언할 수조차 없을 정도로 강했다. 수많은 적에게 둘러싸여 있음에도 그 모두를 압도할 정도로 강했으며, 그 앞에는 그 누구도 함부로 나서지 못할 정도로 강했다.

그리고 밤이라는 시각적인 제한 조건을 충분히 활용했다. 적은 병력으로 몇 배의 병력을 패퇴시킬 수 있었던 요인은 적의 눈을 차단하는 작전과 질리도록 압도적인 무력이었을 것이다.'

감탄할 수밖에 없었다.

"이것이 사실이더냐?"

"마법 영상을 인위적으로 수정할 수 있는 방법은 아직까지 없는 것으로 압니다. 아니, 그만한 실력의 마법사가 없는 것으로 알고 있습니다."

"그렇군."

"결정은 아버지의 몫입니다."

"지금 결정해야 하는 것이더냐?"

"그린 후작은 그리 만만한 사람은 아닙니다. 그는 스스로의 속내를 단 한 번도 드러낸 적이 없는 자입니다. 그런 자를 믿고 함께하기에는 위험이 너무 크다고 생각됩니다. 또한 그는 지금 이 순간에도 어떤 계획을 획책하고 있을지 모를 일입니다."

"…컸구나."

10년 만에 만난 아들이 듬직하게 다가오고 있었다.

"아버지는… 많이 늙으셨군요."

아들의 말에 희미한 미소를 떠올리며 고개를 끄덕이는 캐러웨이 백작이었다.

"이 시간부로 네놈이 캐러웨이 가문의 가주니라."

그러면서 손가락에 끼워져 있던 가주의 인장을 빼 아이언 캐러웨이 앞에 들이미는 캐러웨이 백작이었다.

"아버지!"

아이언 캐러웨이는 너무 놀라 눈을 동그랗게 뜰 수밖에 없었다.

"사실 나는 너무 지쳤다. 이제 여생을 편히 살았으면 한다."

"……."

캐러웨이 백작의 말이 맞았다. 아이언이 알아본 바, 자신의 아버지는 양자조차 들이지 않았다. 그것은 무엇을 의미하는 것인가? 진즉에 자신을 용서했고, 자신을 기다렸다는 말일 것이다.

"감사합니다."

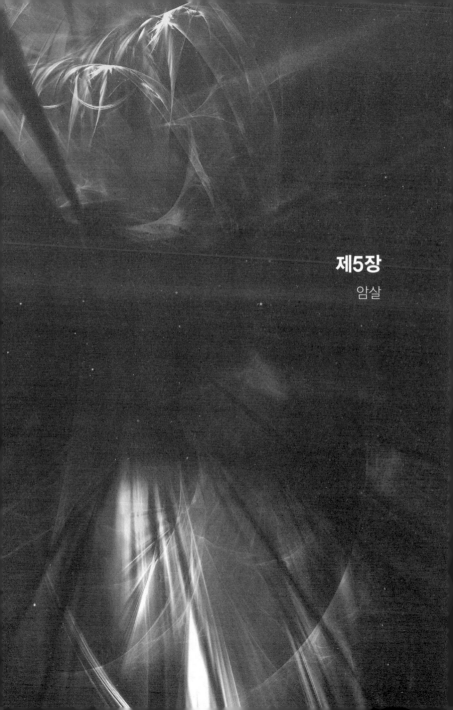

제5장

암살

Warrior

"크흐음. 맥그래스 백작 이노옴!"

자신의 처소로 돌아온 그린 후작은 격하게 분노를 터뜨렸다. 그놈이 배신하기 전까지 모든 일은 자신이 원하는 대로 흘러가고 있었다. 한데, 결정적인 순간 그놈이 자신을 배신한 것이다.

"진정하십시오. 어쩌면 당연한 결과라 할 수 있습니다."

"당연? 지금 당연이라고 말했는가?"

"그렇습니다."

그린 후작의 분노에 찬 외침에도 불구하고 슈바이체른 백작은 시종일관 무덤덤한 표정을 지을 뿐이었다. 그런 슈바이체른 백작의 모습을 보던 그린 후작은 크게 심호흡을 하며 자신을 스스로 진정시켰다.

"힘이 모자라니 당연한 결과겠지. 그것을 감안하지 못한 내 불찰이 크군."

"그의 내심을 간파하지 못한 소작 또한 그 책임에서 벗어날 수 없다고 봅니다."

"되었네. 이미 지나간 일을 굳이 들출 필요는 없지. 그래서 대책은?"

"암살입니다."

"누구를? 맥그래스 백작 따위를 암살해서 무엇에 쓰려고?"

"맥그래스 백작 따위야 아무 상관도 없습니다. 언제라도 제거할 수 있으니 말입니다."

잠시의 망설임도 없이 곧바로 답을 하는 슈바이체른 백작이었다. 그에 그린 후작은 의자에 푹 묻었던 상체를 일으켜 슈바이체른 백작에게로 기울이며 은밀하고 나직하게 물었다.

"그렇군. 상황을 이렇게 만든 원흉을 제거해야겠지. 그럼 그들이 보내준 이들을 쓰는 것인가?"

"그렇습니다."

"흐음."

그린 후작은 팔짱을 끼고 생각하는 것 같은 행동을 취했다. 하나 슈바이체른 백작은 이미 답을 알고 있었다. 저런 행동은 그저 보여주기 위한 행동이라는 것을 말이다. 그린 후작은 그의 오른팔이라 불리는 자신 앞에서조차 저런 연극을 했다.

"인원 그대로?"

"실패했을 경우도 생각해야 합니다."

"실패할 가능성이 있나?"

"그들의 실력이 진짜라면 실패할 가능성은 제로에 가깝습니다."

"제로는 아니로군."

"어디 세상일이라는 것이 마음대로 되겠습니까?"

"그렇기는 하지. 그리고 말이네……."

"말씀하시길."

"우리는 모르는 일이네."

"당연합니다."

"좋아. 좋은 소식 기다리지."

*   *   *

"작전이다."

눈만 드러낸 검은색 복면을 한 자가 입을 열었다. 그리고 그를 바라보는 똑같은 복장의 열아홉 복면인이 있었다.

자신을 바라보는 이들에게 고개를 끄덕여 보이는 자. 그가 움직였다. 그에 그를 따라 열아홉의 복면인이 움직였다.

그들은 크릭 성의 내성으로 잠입해 들어갔다. 외성에서 내성으로 잠입하는 것은 어려운 일이 아니었다. 약간의 뇌물, 혹은 현 체제에 불만을 품고 있는 배신자만 있으면 충분했다. 그들은 그렇게 내성으로 잠입했다.

그들이 찾아간 곳은 내성 중에서도 사람들의 이목이 집중되지 않고 어둡고 으슥한 공간이었다. 그들이 어둠을 벗 삼아 도착한 곳에는 한 명의 사내가 기다리고 있었다. 그 역시 떳떳하게 자신의 신분을 밝힐 수 없는 이유가 있는지 광대뼈 아래가 드러난 가면을 착용하고 있었다.

"왔군. 몇 명인가?"

마치 쇠를 긁는 듯한 목소리가 흘러나왔다.

"스물."

예의 열아홉의 복면인을 맨 선두에서 이끌던 자가 입을 열었다.

"흐으음."

복면인의 말에 가면을 쓴 자는 검지로 볼을 살짝 긁었다. 약간 성에 안 찬다는 무언의 표현일 것이다.

"진압 사령관의 목을 딸 인원치고는 너무 적은 것 같은

데……."

"그가 신이라도 되나?"

"분명 신은 아니오. 하지만 그가 말론 백작을 패퇴시켰다는 것을 잊지 마시오."

"우린 이 숫자의 절반만으로 라이언 베노아 자작에게 영원한 안식을 선사했지."

"호오~ 제국의 라이언 베노아 자작을? 대단하군. 하면 믿을 만하지."

"시간이 없다. 준비는?"

복면인의 물음에 살기 어린 웃음을 지어보였다.

"따라 오도록."

가면을 쓴 사내는 빠르게 어둠 속으로 스며들었다. 그에 스물의 복면인은 그 사내를 쫓아 신형을 움직였다.

가면의 사내는 교묘하게 어둠과 어둠을 연결했고, 그 속으로 이동했다. 가면의 사내는 상당히 능숙했다.

마치 이곳에서 오랫동안 지내왔다는 듯이 경비병의 순찰 시간이나 하인들의 동선까지 완벽하게 꿰고 있었다. 한참을 그렇게 어둠을 이용해 이동하던 가면의 사내는 마침내 내성의 구석진 곳에서 멈춰 섰다.

그리고 오래되어 넝쿨과 이끼가 잔뜩 낀 석벽 중 어느 한 곳을 눌렀다. 그러자 아주 미세한 소리를 내며 석벽이 튀어나

왔다. 가면의 사내는 아주 능숙하게 그 석벽의 튀어나온 곳을
잡아 밀었다.

그그극!

석벽이 밀리며 기괴한 소리를 내었다. 어둠과 합쳐진 소리
는 음울하기 그지없었다.

석벽이 열리자 어둠보다 더 어두운 공간이 입을 벌리고 있
었다. 가면의 사내는 지체 없이 어두운 공간으로 몸을 들이밀
었고, 스물의 복면인 역시 망설임 없이 뛰어들었다.

그들의 모습이 완전히 어둠 속으로 사라지자 다시 돌이 갈
리는 기괴한 소리가 흘러나오며 열렸던 동공이 서서히 닫히
기 시작했고, 이내 완벽하게 손가락 하나 들어갈 틈도 없이
맞물렸다.

*   *   *

치이익! 화르륵!

횃불이 켜졌다. 그에 복면인은 살짝 놀란 얼굴을 해보였
다. 하지만 그것을 아는지 모르는지 가면의 사내는 횃불을 든
채 길고 긴 굴을 따라 걸어가기 시작했다.

굴은 그리 높고 넓지 않아 한 명이 겨우 지나갈 정도였으
며, 키가 큰 자는 허리를 굽혀야 할 정도였다.

게다가 전체적으로 축축했으며 천정에서는 연신 물방울이 떨어져 내리며 특유의 습하고 퀴퀴한 냄새가 코를 찌르고 있었다. 그러기를 한참, 드디어 그 끝에 도달한 듯싶었다.

"여길 나가면 내성 안에 있는 영주관이오."

"영주관 어딘가?"

"집무실과 연결되는 접견실쯤일 거요."

"그자, 이 시간에도 집무실에 머무나?"

"아마도."

"확실한 것은 없군."

"그 정도는 사전에 파악한 줄 알고 있는데?"

가면의 사내의 말에 복면인이 고개를 끄덕였다.

"그렇지. 이 통로가 통하는 곳이 어디라는 것만 알면 손바닥처럼 알 수 있지."

"한데, 왜… 컥!"

말을 하다 말고 가면의 사내는 두 손으로 자신의 목을 부여잡았다. 눈 깜짝할 사이에 그의 앞에 있던 복면인이 단검을 꺼내 가면의 사내의 목을 찔러 버린 것이었다.

"끄르륵!"

가면의 사내는 목을 부여잡고 가래 끓는 소리를 내며 허물어졌다. 죽어가는 와중에도 가면의 사내는 삶에 애착을 느꼈는지 복면인의 팔을 움켜쥐었다. 그러나 부질없는 몸부림에 불과했다.

이윽고 서서히 복면인의 팔을 잡았던 가면의 사내의 손아귀에서 힘이 빠졌다. 그런 가면의 사내를 무심코 바라보며 나직한 소리를 내뱉는 복면인.

"우리가 필요한 것은 시체지."

그러면서 단검에 묻은 피를 털어내는 복면인.

"출발한다."

그의 명령을 받은 복면인들은 신속하게 움직였다. 이미 비밀 통로를 여는 방법을 숙지한 그들. 어렵지 않게 통로의 문을 열고 그 안으로 몸을 움직였다. 스물에 달하는 인원이 모두 통로를 벗어나 가면의 사내가 알려줬던 접견실에 들어섰다.

그그그극!

문을 닫지도 않았는데 통로의 문은 저절로 원상복귀하고 있었다.

멈칫!

통로의 문이 미약한 소리를 내며 벽과 완벽하게 일체가 되는 그 순간, 가장 선두에 섰던 복면인은 자신도 모르게 멈칫거렸다. 무언가 전혀 다른 위화감이 들었다.

그리고.

화아아악!

갑작스럽게 접견실에서 불이 밝혀졌다. 갑작스럽게 밝혀진 광채는 어둠에 익숙해져 있던 복면인들의 눈을 순간적으로 멀게 하기에 충분했다. 복면인들은 눈을 감았다.

'무언가 잘못되었다.'

그것을 느끼는 순간 스물의 복면인의 귀에 들려오는 굵고 나직한 목소리가 있었다.

"크릭 성에 온 것을 환영한다."

그들은 직감했다. 자신들의 암살 계획이 완벽하게 발각된 것을 말이다. 복면인들은 경악성이 터져 나오려는 것을 애써 참았다.

'계획적인 배신인가?'

이것이 그들의 공통적인 생각이었다.

"크릭 성의 벽에는 귀와 눈이 있지."

하지만 상대방은 자신들이 무슨 생각을 하는지 알고 있다는 듯이 담담하게 말했다.

그리고.

털썩.

무언가 접견실의 바닥에 널브러지는 소리가 들려왔다. 어느 정도 시력을 회복한 복면인들은 바닥에 널브러진 무언가를 바라봤다. 그것은 피투성이가 된 경비대장이었다. 약간의 뇌물을 받고 내성문을 통과시켜 준 자 말이다.

"경비대장의 이름은 레이아난 보그. 보그 남작의 먼 친척이라고 하더군. 참고로 레이린 보그 남작은 현재 명령 불복종 및 반란에 동조한 혐의로 뇌옥에 갇혀 있지."

아주 친절하게 설명까지 해주는 자였다. 그제야 복면인들은 자신의 눈앞에 있는 존재를 자세하게 살펴볼 수 있었다. 보기 드문 검은색의 머리카락, 그리고 전신의 근육이 그대로 도드라져 보이는 풀 플레이트 메일을 착용하고 있었다.

앉아 있음에도 불구하고 그 거대한 체구 때문인지 강력한 인상과 함께 형언할 수 없는 위압감을 느끼게 했다.

"카이론… 에라크루네스."

"잘 알고 있군."

말과 함께 옆에 두었던 언월도를 집어 들며 몸을 일으켜 세우는 카이론이었다. 복면인은 주변을 둘러보았다.

아무도 없었다. 홀로 자신들을 막아 세우고 있는 것이었다. 설핏 그들의 복면이 움직였다.

그것은 비웃음이었다. 감히 단 한 명의 병사도 없이 홀로 자신들을 상대하는 것에 대해서 말이다.

복면인들은 어느새 간격을 벌리고 녹색의 무언가가 뚝뚝 떨어질 것 같은 단검을 역수로 움켜쥐었다.

"체이스 그린 후작인가?"

"……."

대답은 없었다.

대신.

"알고 있었나?"

마치 이죽거리는 듯한 목소리가 들려왔다. 그의 목소리에
담긴 의도는 분명했다.

'잘하는 짓이다.'

비웃음. 함께 힘을 합쳐도 막아낼 수 있을지 없을지 모르는
판국에 권력 때문에 사령관을 암살하려 하다니 말이다.

그것은 명백한 비웃음이었다.

"비웃는 건가?"

"그렇게 들었다면 그런 것이겠지."

카이론은 고개를 끄덕이며 자신의 애병인 언월도의 날을
쓰다듬었다.

"한심하겠지. 나조차도 한심하게 여기고 있으니 말이야."

"마치 우리들이 누구인지 아는 듯한 말이로군."

"모를 것 같은가?"

순간 카이론과 대화를 주고받던 복면인이 눈동자가 날카
로워졌다.

"시간을 끄는 것인가?"

"아니. 확인하기 위해서지."

"확인?"

"너희들과 같은 자들을 본 적이 있지."

흠칫!

자신들과 같은 자. 복면인들은 순간 몸을 굳혔다.

"그런데… 살아 있어?"

"죽어야 하는 것이 정상인가?"

"만났다면."

"웃기는군. 인간도 몬스터도 아닌 것들이."

"뭣?"

카이론은 그들을 비웃었다.

"너희들은 무엇인가? 인간인가, 몬스터인가? 힘에 취해 인간이기를 저버린 것들을 대체 무엇이라 불러야 하는 것인가?"

"죽인다!"

그 순간 복면인들이 폭발했다. 하찮게 보던, 절대 자신들의 상대가 될 수 없을 그런 하등한 존재에게 자신들의 존재 자체가 부정당하고 있었기 때문이었다. 하지만 그 속을 들여다본다면 자격지심이 폭발한 것이라 할 수 있었다.

그들은 스스로 위안하고 있었다.

힘을 얻기 위해 인간이기를 포기한 자신들은 결코 어리석은 선택을 하지 않았다고, 자신들은 왕국을 위해 스스로 몸을 던졌다고 말이다.

그 위안을 자부심으로 삼고 살았다. 하지만 단 한 명에 의해 그런 스스로에 대한 자부심과 위안이 송두리째 부인되고 있는 것이다.

"인간은 인간으로 살고, 인간으로 죽을 때 가장 인간다운 것이다."

그 말과 함께 카이론은 언월도를 비껴든 채 스무 명의 복면인이 있는 한가운데로 뛰어들었다. 복면인들은 당황하지 않았다. 이미 준비를 하고 있었다.

그들 또한 자신들의 자부심을 무참하게 뭉갠 자를 결코 살려 둘 마음이 없었으니까.

촤라라락!

수십 줄기의 빛살이 카이론을 향해 쇄도해 들었다. 그와 동시에 복면인들은 카이론을 둥글게 에워쌌다. 절대 빠져나갈 수 없도록 말이다.

카라라랑!

카이론을 향해 쇄도했던 수십 줄기의 빛살에서 불똥이 튀었다.

피피비빗!

그를 향해 쇄도했던 수십 줄기의 빛살은 튕겨져 나갔다. 그리고 그 빛살은 여지없이 복면인에게로 향했다. 죽이기 위해 날렸던 비수가 오히려 자신들을 공격하게 된 꼴이었다.

하지만 복면인들 역시 만만한 실력은 아니었다. 즉시 역수로 쥔 독이 묻은 단검으로 주인을 향해 독아를 날름거리는 비수를 쳐냈다.

콰차장!

"크흡!"

그들은 격하게 밀려오는 통증과 충격에 몸을 제대로 가누지 못하게 급격하게 뒷걸음질 쳤다.

단 한 번의 격돌이었다. 그 격돌에서 스무 명의 복면인이 오히려 낭패를 당한 것이다.

"변신하는 것이 좋을 거다. 뱀파이어가 되었든 어쌔신 버그가 되었든 말이다."

복면인들의 눈동자가 흔들렸다. 뱀파이어는 몰라도 어쌔신 버그라니.

파리와 비슷한 이 벌레 몬스터는 이름에서 알 수 있듯이 살인 몬스터를 말함이었다. 이 몬스터가 살인 몬스터라고 불리는 것은 암수가 함께 행동하는 것에서 기인한다.

사람을 발견하면 산란을 위해 유일한 공격 수단인 마비를 시키는 독(Paralyze)을 주입하여 자신의 알을 낳는다. 그 알은 짧은 기간에 유충으로 변하여 인간의 육체를 먹으면서 성충이 된다.

성장한 모습은 거대한 파리와 비슷하다.

몸길이가 50~60㎝ 정도에 팔다리가 모두 4개밖에 없으며 인간처럼 서서 행동한다. 특별히 인간에게 적대적이진 않지만, 앞서 서술한 것처럼 마비성이 있는 독을 가지고 있으므로 매우 조심해야 한다.

중요한 건 어쨌든 파리는 파리라는 것이다.

지금 카이론은 자신들을 파리로 여기고 있는 것이다. 이것은 명백한 비웃음이라 할 수 있었다. 그에 복면인들의 눈동자가 붉게 물들어 가고 있었다.

"그래, 그래야지. 인간이 아닌 것들이 인간의 행세를 하면 안 되는 것이지."

카이론은 여전히 독설을 내뱉었다. 평소의 그와는 전혀 다른 모습이라 할 수 있었다.

사실 그는 분노를 느끼고 있었다. 저들의 개인적인 사정은 알 수 없었다. 하나 인간을 실험 대상으로 삼아 유전적인 변이를 일으키게 하거나, 신체를 개조하여 단순히 전쟁을 위해서 사용되는 도구로 변해 버린 것에 대한 분노 말이다.

그래서 그는 저들이 말하는 절망의 기사와 그들을 그렇게 만든 나파즈 왕국에 대한 뚜렷한 적의를 가질 수밖에 없었다. 그의 말처럼 인간은 인간으로 죽으로 때 가장 존엄하기에.

그들의 변신이 완료되었다. 3미터를 훌쩍 넘는 신장, 날카로운 이빨과 길게 솟아난 손톱, 그리고 끈적한 무언가로 전신을 바른 듯 미끌거리고 뱀의 껍질을 연상시키는 피부.

신장이 커진다는 것은 힘은 강해질지 모르나 민첩성은 떨어진다고 볼 수 있었다.

하지만 그것은 통념적인 생각일 뿐. 들고 있던 녹색의 무언가가 떨어지는 단검을 손바닥으로 흡수해 손톱으로 전이시키는 능력을 보인 이 기괴한 몬스터들은 그런 기존의 통념을 송두리째 부정하고 있었다.

파바박!

눈으로 쫓을 수조차 없을 정도로 빠르게 움직이며 카이론을 스치고 지나가는 그들은 손톱. 그것을 막아가는 카이론은 언월도에 백색의 불똥이 튀는 것이 아니라 진한 녹색의 불똥이 튀어 올랐다.

통념으로 생각할 수 있는 수준을 뛰어넘은 것이었다.

하지만 카이론은 당황하지 않았다. 이미 이런 이들을 많이 보았기 때문이었다. 그는 앞으로 이런 이들을 자주 볼 것 같은 느낌이 들었다.

카이론의 언월도가 움직였다.

스가가각!

무언가 잘려 나가는 듯한 소리가 들려왔다. 그리고 여지없이 하나의 생명체가 목을 부여잡고 검녹색의 핏물을 흘리며 쓰러져 갔다.

그들은 영원히 인간의 몸으로 돌아오지 못할 것이다.

인간으로 돌아오는 것은 살아 있을 때나 가능한 것이었으니까. 카이론의 등 뒤로 예의 광폭한 살기가 전해졌다. 언월도가 유려하게 회전하며 후방으로 쑥 밀고 나갔다.

푸욱!

"케헤엑!"

그 짧은 순간 카이론을 뒤에서 넢져 오넌 생명체의 심장은 난도질당하며 마치 깊은 동굴을 보듯이 뻥 뚫려 버렸다. 단말마를 외치며 그대로 뒤로 넘어가는 생명체.

"캬하악!"

그들은 함성을 질렀지만, 결국 몬스터의 비명일 뿐이었다.

한 생명체가 카이론을 향해 몸을 날렸다. 카이론은 뒤로 돌렸던 언월도를 앞으로 쭈욱 밀어 넣었다. 여지없이 상대의 심장을 관통하는 카이론의 언월도.

그 순간, 심장을 관통당한 생명체의 입이 쭈욱 찢어지며 날카로운 송곳니를 드러내고 웃었다. 아니, 분명 웃는 것처럼 보였다. 카이론은 언월도를 돌렸다. 하지만 언월도는 무언가에 잡힌 것처럼 미동조차 하지 않았다.

심장을 관통당한 생명체가 웃는 이유가 바로 이것일 게다. 순간 송곳니를 드러내며 웃던 생명체의 검은색 옷이 부풀어 오르기 시작했다.

얼굴의 복면은 사라진 지 이미 오래였다. 미끌거리는 얼굴에 검은색의 핏줄기가 돋아났다.

마치 금방이라도 폭발할 것처럼 말이다.

"같이 죽자."

변신한 후 처음으로 인간의 언어로 말하는 생명체. 그리고 카이론의 언월도를 자신의 심장 깊숙하게 잡아 당겼다.

순간 카이론은 언월도에서 손을 놓고, 언월도의 손잡이 끝을 손바닥으로 쳤다.

파앙!

"컥!"

생각과 전혀 다른 카이론의 대응에 놀라 눈을 부릅뜬 생명체. 어느새 나노 튜브 블레이드를 양손에 소환한 카이론이 빛살처럼 생명체를 스치고 지나갔다.

"꺼어억!"

허리와 목이 잘려 나가며 비스듬하게 쓰러지는 생명체.

"죽였!"

변신한 생명체들이 득달같이 카이론을 향해 쇄도해 들어갔다. 하나 카이론의 신형은 유령처럼 움직이고 있었다. 우측인가 싶으면 좌측에 나타났고, 배후인가 싶으면 어느새 전면에 나타났다.

검녹색의 핏물이 사방으로 튀며 대리석으로 만들어진 접

견실에 후두둑 소리를 내며 떨어져 내렸다.

치이이익!

대리석 바닥에 떨어진 핏물은 그 독성을 견디지 못한 대리석을 녹이고 있었다.

그들의 핏물은 고이지 않았다. 대리석이 녹아 아래층이 훤히 보이고 있었다. 그럼에도 불구하고 이곳으로 오는 병사나 기사는 아무도 없었다.

그만큼 카이론을 믿는다는 것일까? 카이론의 신형이 번개처럼 움직였고, 그가 움직일 때마다 변신한 복면인들은 주검이 되어 싸늘한 시체가 되어가고 있었다.

그리고 마침내.

콰직!

"크흑!"

세 개의 무기. 언월도가 심장을 쪼개고 두 개의 나노 튜브 블레이드 중 하나는 정수리를 파고들었으며, 다른 하나는 허리를 완벽하게 갈랐다. 마지막 남은 복면인의 죽음이었다. 카이론은 무심하게 죽은 복면인을 밀어냈다.

털썩.

치이익!

대리석으로 만든 바닥이 녹아 내렸다. 카이론은 멍하게 난장판이 된 접견실을 훑어보았다. 그때 그의 옆으로 모습을 드러내는 이가 있었으니 바로 알프레드 슐리펜이었다.

"휘유~ 난장판이로군. 클리어!"

그러면서 난장판이 된 모든 것을 손짓 하나로 완벽하게 사라지게 만들었다. 과연 7서클의 대마도사라 할 법한 솜씨였다.

"이제는 어찌할 텐가?"

"이들의 배후를 밝혀내야겠지."

"역시 그렇군."

카이론은 언월도와 나노 튜브 블레이드를 수납했다.

"지금 당장 갈 텐가?"

"시간을 끌 일은 아니지."

역시 그랬다. 카이론은 지금 할 수 있는 일을 절대로 내일로 미루는 법이 없었다.

"가지."

카이론이 움직였다. 그 뒤를 알프레드 슐리펜이 따랐다. 그리고 세븐스타 중 다섯 명이 합류했다.

그들은 카이론에게 어디를 가느냐고도 묻지 않았다. 그가 행동함에 있어 언제나 합당한 이유가 있었으니까.

"지금은 너무 늦은 시각입니다."

"상관없지."

카이론의 걸음을 멈추게 한 것은 역시 라마나였다.

"또한 만나주지도 않을 것입니다."

"만나게 될 것이야."

카이론의 말에 라마나는 두 손을 올릴 뿐이었다. 한 번 카이론이 결심을 굳히면 누구도 어찌할 수 없다는 것을 알기 때문이었다.

"준비시키겠습니다."

"그래."

그 말을 하고 카이론이 걸음을 옮겼다. 그 일곱을 따라 나선 이는 더 이상 없었다. 그들만 해도 충분했다. 이곳은 그린 후작의 성이 아닌 바로 카이론의 성이었으니까 말이다.

라마나는 이제 때가 되었음을 느꼈다.

'남부는 카이론 에라크루네스라는 새로운 영웅의 품에 안기게 될 것이다.'

그린 후작이 무너지는 것은 기정사실이었다. 물론 맥그래스 백작이 있기는 하지만 그는 이미 예이츠 백작이 직접 부딪치고 있는 상황.

만약 그린 후작이 무너지고 그의 세력 중 상당 부분이 카이론에게로 넘어간다면 맥그래스 백작 또한 어렵지 않게 흡수될 가능성도 있었다.

물론 가능성일 뿐이고, 상황이 다르게 전개될 수도 있었다.

실제 상황이 벌어졌을 때 그들이 어떻게 나올지 말이다.

한 가지 분명한 것은 그린 후작이 병사를 일으켜 카이론의 군을 친다면 맥그래스 백작은 카이론을 도와 그린 후작의 배후를 칠 것이라는 점이었다.

태생적으로 맥그래스 백작과 그린 후작은 양립할 수 없는 고양이와 쥐 같은 사이니까 말이다. 지금 이 크릭 성은 아주 적절하게 세 개의 세력이 균형을 이루고 있는 것이다.

*   *   *

카이론은 남부의 세 세력 중 가장 거대한 한 개의 세력을 무너뜨리려 하고 있었다.

이간책을 사용하고, 혈연을 이용해서 말이다. 그리고 지금 그는 결정적인 일격을 날리기 위해 그린 후작이 있는 공관으로 향했다.

저벅저벅.

고요한 적막이 흐르는 내성의 접객 공관.

그린 후작은 자신의 위세를 자랑이라도 하려는 듯이 겹겹이 병사들과 기사들을 배치시켜 인의 장막을 구축해 놓고 있었다. 그들을 향해 카이론과 여섯 명이 걸음을 옮겨 다가갔다.

"서라! 누구냐!"

기사가 외치자 경비병들은 즉각 창을 내려 일곱 명을 경계했다. 그들도 알고 있을 것이다. 카이론이 이곳의 주인이라는 것을 말이다. 그럼에도 불구하고 그들은 창을 내려 그의 걸음을 막아 세우고 있었다.

"카이론 에라크루네스 진압 사령관이시다."

키튼이 입을 열어 신분을 밝혔다. 하지만 그들은 여전히 경계를 풀지 않았다.

"밤이 늦었습니다. 특별한 일이 아니라면 날이 밝은 후 찾아주셨으면 합니다."

그런 기사를 보며 키튼이 흰 이를 드러내며 웃었다. 그가 한 걸음 앞으로 나섰다.

"소속은?"

"무슨?"

"관등성명 대라고, 새끼야."

"감히!"

쫘아악!

"케헤엑!"

"이런 쌍놈의 새끼가. 어디서 감히야, 감히는? 니들 창 안 내려?"

어느새 키튼은 뺨 한 대에 거의 5미터를 날아 나동그라진 기사의 목에 발을 턱 올리고 아직도 창을 들고 경계하는 병사들을 향해 외쳤다.

그때.

스걱!

투둑!

창대가 반듯하게 잘려 병사들의 발치 아래 떨어졌다.

"교육을 어떻게 시켰기에 아군의 상관을 보고 '감히' 라는 말을 써? 이거 뭐, 위아래도 없는 나파즈 왕국군도 아니고."

어느새 창대를 자른 검은 수납히며 내뱉은 헤머슨. 그가 다시 외쳤다.

"일동 차렷!"

이전과는 전혀 다른 묵직하고 단호한 목소리가 들려왔다. 그에 병사들은 자신들도 모르게 잘린 창대를 버리고 부동자세를 취했다. 그런 그들을 스치듯 지나가는 카이론. 헤머슨이 그의 뒤를 따라가며 나직하게 입을 열었다.

"쉬어!"

"어? 저기 이놈은……."

키튼은 자신의 발에 눌려 벗어나려고 발버둥을 치고 있는 기사를 바라보다 어깨를 으쓱해 보이며 기사에게 말했다.

"한 번 더 걸리면 죽는다?"

발을 풀고 일행을 따라 나서는 키튼.

"크헉! 컥. 컥."

막혔던 숨통이 트인 기사는 거칠게 기침을 해댔다. 그것을 보면서도 병사들은 여전히 부동자세로 서 있었다.

"뭐, 뭐 하나?"

"예? 그, 그게……."

"비상 타종을 울려라. 적의 기습이다."

"하, 하지만!"

"죽고 싶나? 어서!"

그러면서 자리에서 힘들게 일어난 기사는 카이론 일행이 향한 곳을 바라보며 이를 바득 갈아붙였다.

때대대댕! 때대대대댕!

"적습이다~! 적습이다!"

갑작스럽게 비상 타종 소리가 울려 퍼지면서 고요했던 크릭 성이 시끄러워지기 시작했다. 하나 시끄러운 곳은 바로 그린 후작의 공관이 위치한 일부 지역에 한해서였다.

"적이다! 적이다!"

비상 타종 소리에 병사들은 병장기를 들고 외치며 막사를 튀어 나왔고, 기사들 역시 어느새 풀 플레이트 메일을 갖춰 입고 모습을 드러냈다.

그 짧은 시간에 카이론과 그 일행은 완벽하게 포위되어 버렸다.

그 포위망을 가르고 풀 플레이트 메일을 멋들어지게 갖춰 입은 기사가 앞으로 나와 입을 열었다.

그 짧은 시간에 앞으로 나온 기사는 이미 상황의 전말을 파악한 모양이었다. 그래서인지 딱딱하게 굳은 얼굴로 근엄하게 물었다.

"이 야심한 밤중에 어인 일이십니까?"

"그린 후작을 보러."

카이론의 답에 살짝 인상을 찌푸리는 기사였다. 후작 각하도 아니고 그냥 후작이었다.

"무례한 언사입니다. 남부의 대귀족이신 그린 후작 각하십니다."

"그렇게 예를 잘 지키는 사람들이 익히 알고 있음에도 창을 겨누는가?"

"그게 무슨……"

기사는 슬쩍 자신의 옆을 바라봤다. 예의 카이론을 가로막았던 기사가 그의 옆에 서 있었음은 물론이었다. 대충 파악했으나 아마도 그런 사항은 보고하지 않았던 모양이었다. 당황해하는 기사를 보며 한숨을 살짝 내쉰 기사는 다시 카이론을 보며 입을 열었다.

"밤이 깊었습니다. 날이 밝으면 찾아오셨으면 합니다."

"그럴 것이면 지금 찾아오지 않았지."

"불가합니다."

"나는 가야겠어."

그 말과 함께 키튼과 프라이머가 앞으로 튀어나갔다.

"막아!"

그에 몇 명의 기사가 방패를 앞에 두고, 득달같이 달려와 그 둘을 막아 내려 했다.

하지만.

콰아아앙!

"크으으윽!"

키튼과 프라이머를 막으려던 방패를 든 기사는 마치 끈 떨어진 연처럼 허공을 훌훌 날아 나가떨어지고 있었다. 실로 무지막지하다 할 수 있었다.

"정녕 이러실 겁니까?"

"그런가? 방금 전 나는 어쌔신의 암습을 받았지. 그중 한 명을 생포했는데 그가 그러더군. 그린 후작이 보냈다고."

카이론의 말에 눈을 휘둥그레 뜬 기사였다. 하나 그는 이내 침착함을 되찾고 항변했다.

"모함이오."

"그래서 확인하기 위해서 가는 길이다. 이곳의 주인으로서 말이다."

당연히 객은 주인의 청을 받아들여야 했다.

"하나!"

"분명히 했다. 나는 주인이자 그것이 모함임을 밝히기 위한 걸음이라고."

"불가합니다."

이미 어떤 명령을 받은 것처럼 보였다. 카이론의 강력한 요청을 또박또박 끊어서 말을 할 정도로 확고하게 반대하는 것을 보면 말이다.

그에 카이론은 흰 이를 드러내며 웃음을 보였다. 보는 이의 등골을 서늘하게 할 정도로 말이다.

"그럼. 이후의 책임은 그린 후작에게 있음을 알린다."

그 말이 떨어지기를 기다렸다는 듯이 다섯 명의 세븐스타가 빠르게 앞으로 튀어 나갔다.

"공격하라!"

앞뒤도 없었다. 곧바로 공격 명령을 내리는 기사. 그리고 이어지는 말.

"죽여도 좋다."

그랬다. 죽여도 좋았다. 아니, 죽여야만 했다.

그린 후작은 이미 카이론이 여섯 명의 인원을 대동하고 이곳에 걸어왔을 때부터 자신이 하고자 했던 바가 틀어졌음을 알았다.

결코 안으로 들일 수는 없었다.

별다른 대책을 세우지도 못한 상황에서 말이다.

설마 배후로 자신을 지목하고 곧바로 이렇게 들이칠 줄은 몰랐다. 그래도 그 와중에 그린 후작은 안도했다. 왜냐하면 많은 수의 병력이 아닌 고작 본인을 포함해 일곱 명이었으니까 말이다.

아무리 주인 된 입장이라 해도 손님이 피하면 그 만남은 이루어질 수 없는 법. 그래도 들이치면 명분은 자신에게 있다. 어차피 실패했을 경우도 각오한 바였다. 그리고 지금은 절호의 기회였다.

'어리석은 자.'

그렇게 생각했다. 자신의 힘만 믿고 날뛰는 어리석고 또 어리석은 자였다. 그린 후작은 공관 집무실의 커다란 창문으로 벌어지는 상황을 보며 회심의 미소를 지었다. 카이론 에라크 루네스는 이것으로 끝인 것이다.

"쏴라!"

기사는 서슴없이 외쳤다. 그에 수백 발의 화살이 검은 하늘을 더욱 검게 물들이며 카이론을 향해 쏟아졌다.

카이론이 언월도를 뽑아 들었다. 그리고 느릿하게 좌우 혹은 상하로 휘둘렀다.

보기에는 그저 단 한 번의 움직임이었다. 그런데 어느 순간 카이론의 전면에 투명한 막이 생겨났다.

그리고.

티디디딩!

수백 발의 화살이 튕겨져 나갔다. 그에 기사는 입을 떡 벌릴 수밖에 없었다. 하지만 기사는 더 이상 놀라고 있을 수만은 없었다. 카이론의 뒤에 멀거니 서 있던 자. 그의 손이 허공으로 떠올랐다

그의 손을 따라 하나의 수정 구슬이 떠올랐고, 그 수정 구슬에서 녹색의 빛이 흘러나오며 며칠을 거슬러 올라간 영상이 허공에 맺히기 시작했다. 그리고 음성이 증폭되었다.

그 영상에 나오는 이들은 다름 아닌 체이스 그린 후작과 그의 오른팔인 알터 슈바이체른 백작, 그리고 그의 왼팔인 군터 마이어 백작이었다. 그들은 심각하게 대화를 하고 있었다. 크릭 성의 사령관인 카이론 에라크루네스를 제거하기 위한 방법을.

그 후 슈바이체른 백작이 자신의 처소로 가 흑의 복면인과 대화를 하는데, 그 대화 내용이 참으로 가관이었다.

'나파즈 왕국의 무궁한 영광을 위하여……'

그렇게 시작된 대화. 슈바이체른 백작은 흑의 복면인으로부터 서신을 받을 때마다 무릎을 꿇은 채 마치 한 왕국의 국

왕으로부터 받는 것처럼 오체투지했다.

그는 양피지를 조심스럽게 펼쳐 보면서 격동에 찼고, 양피지를 다 읽은 후 조심스럽게 양피지를 접고, 어느 한 방향을 보며 다시 오체투지를 하고 입을 열었다.

'대나파즈 왕국의 지존이신 도미니크 카이산 세리우도네스 폰 나파시안 국왕 폐하의 성은에 보답코자 반드시 소신의 소임을 완수하겠나이다.'

그 말을 마치고 흑의 복면인과 슈바이체른 백작은 다시 은밀하게 상당히 심도 깊은 대화를 나누었다. 그들의 은밀한 대화는 너무나 나직해 영상 속에서는 재생되지 않았다.

그리고 장면이 바뀌고, 스무 명의 기괴하게 변한 이들과 단독으로 맞서는 카이론의 모습이 보였다. 그들과 카이론의 대화는 아주 선명하게 이곳에 있는 모든 병사와 기사들의 귀에 전달되고 있었다.

"아니, 저게 무슨……."

"어떻게 이럴 수가……."

몇몇 지각 있는 귀족들은 그 마법 영상에 입을 떡 벌릴 수밖에 없었다. 어찌 이럴 수 있단 말인가? 그는 분명 구국의 결단을 내렸다고 했다. 누란지위에 처한 이 왕국을 위해 아무런 조건 없이 검을 빼들었다고 했다.

한데 도대체 저 영상은 무엇이란 말인가?

말도 안 된다. 그토록 호인이었던 체이스 그린 후작이었다. 그가 저런 간악한 짓을 하다니… 기사들과 병사들은 믿을 수가 없었다.

혼란이 가중되었다.

그 와중에 다섯 명의 세븐스타는 착실하게 반항하는 기사들과 귀족들을 기절시키고 있었다. 카이론은 그저 담담하게 걸음을 옮길 뿐이었다. 그가 가는 곳으로 길이 열렸다. 그 누구도 그의 발걸음을 멈춰 세우지 못했다.

"그 영상! 정녕 사실인 것이오?"

누군가 물었다. 카이론은 여전히 걸음을 멈추지 않은 채로 답을 했다.

"영상을 조작할 수 없다면."

"그……."

할 말이 없었다.

마법 영상을 조작할 수 있을 정도의 실력이면 최소한 5서클의 마법사여야 할 것이다. 5서클이라면 왕실 마탑의 탑주 정도의 실력이니, 그 정도의 마법사가 여기에 있을 리가 없었다.

그런 카이론의 답에 몇몇 기사와 귀족들은 절망에 가득 찬 표정을 지어보였다.

믿었다. 갈라지고 찢어진 썩을 대로 썩은 이 왕국을 다시 예전의 왕국으로 되돌릴 수 있다고 믿었다.

북부와 중앙만 독차지하던 중앙의 권력 역시 다시 되찾아 과거의 영광을 누릴 수 있을 것이라 생각했다.

그래서 자신들의 희망에 가장 가까운 그린 후작을 선택했다. 그런데 이건 대체 뭔가?

저들은 카테인 왕국이 그리도 싫어하는, 만날 때마다 으르렁거리며 서로를 비하하기 바쁜 나파즈 왕국의 사주를 받고 있었다니. 그리고 그들에게 상세할 정도의 정보를 제공하고, 그들의 도움을 받고 있었다니 말이다.

전신의 힘이 모조리 빠져나간 것 같았다. 그 절망감에 그 자리에 털썩 주저앉은 이까지 있었다. 카이론은 그들을 스쳐 지나가 광관 안으로 발을 내딛었다.

"멈춰라! 더 이상의 진입은 허용치 않겠다."

그의 앞을 가로막는 이가 있었으니 그린 후작의 왼팔이라 할 수 있는 군터 마이어 백작이었다. 백작으로서 영지를 가지지도 않고 오로지 그린 후작 가문의 기사단장으로 남은 사람이었다.

"안타깝지만 당신의 말에 따를 순 없겠군."

하지만 마이어 백작은 별다른 표정을 드러내지 않았다. 이미 그럴 줄 알았다는 듯이 말이다.

"다행이로군."

"다행인 것인가?"

"내가 선택한 주군을 위해 죽을 수 있는데 다행이지 않은가?"

"안타깝군."

카이론의 말에 고개를 주억거리는 마이어 백작. 그런 마이어 백작을 보며 카이론이 입을 열었다.

"와라!"

"사양하지 않지. 타하앗!"

일도양단의 자세로 든 검 위로 넘실거리는 노란색의 오러 얀을 1미터나 시전하는 마이어 백작이었다. 그는 상급의 실력자였다. 카이론은 그런 마이어 백작을 스치듯 지나갔다.

우뚝!

마이어 백작의 신형이 두 손이 위로 올린 모습 그대로 멈췄다.

"다음 생에는 올바른 주군을 선택하기를."

카이론은 걸음을 다시 옮겨갔다. 상급의 실력자가 단 한 수도 펼치지 못했다. 너무나도 순식간에 일어난 일이었다. 카이론이 신형이 저만큼 사라질 즈음 굳어졌던 마이어 백작의 입에서 핏물이 흘러나왔다.

그리고 그의 눈가는 가늘게 떨려왔다.

"흐으……"

무슨 말인가 하고 싶었던가? 입을 열려는 그 순간, 그의 눈동자가 회색으로 물들며 그대로 앞으로 넘어졌다. 바닥에 떨어지는 그 순간에도 영혼이 빠져나간 그의 동공은 여전히 아쉬움이 남은 그대로 떠져 있었다.

끼이익!

공관의 마지막 남은 문이 비명을 지르니 열렸다. 그곳에는 두 명의 사내가 있었다.

그린 후작과 슈바이체른 백작이었다. 그들은 이미 자포자기한 것인지 각기 한 손에 포도주를 들고 여유롭게 카이론을 기다리고 있었다.

"왔나?"

담담하게 입을 여는 슈바이체른 백작. 그는 담담했으나 그린 후작은 담담하지 못했다. 오히려 술잔을 잡고 있는 그의 손은 가늘게 떨고 있었다.

그는 그런 위인이었다. 오히려 지금 이 순간 슈바이체른 백작이 더 담대해 보였다.

슈바이체른 백작은 자리에서 일어나 카이론을 바라봤다.

"아쉽군. 거의 성사될 뻔했는데 말이야."

"무, 무슨 말을 하는 건가?"

그린 후작의 말에 슈바이체른 백작은 마치 벌레 보는 듯한 시선으로 그를 바라봤다.

"버러지 같은. 자기 살길만 생각하는 못돼 먹은 돼지 같으니."

"무, 무슨……."

"시끄러!"

이제는 숫제 반말로 그를 윽박지르고 있는 슈바이체른 백작이었다.

"네, 네놈이 감히!"

"쯧쯧. 아직도 정신을 못 차린 겐가? 멍청한 돼지 같으니라고."

"이노옴!"

그린 후작은 불같이 화를 내며 들고 있던 술잔을 슈바이체른 백작을 향해 집어 던졌다. 하나 슈바이체른 백작은 가볍게 술잔을 피하고는 도리어 수중에 있던 단검을 꺼내 그린 후작의 복부를 찔렀다.

한 번.

"꺼억!"

두 번.

"껵!"

세 번. 네 번…….

끊임없이 찔러댔다.

"그, 그마안… 끄르륵!"

툭!

슈바이체른 백작을 부여잡으며 그대로 쓰러지는 그린 후작.

"돼지 같은 새끼. 혼자만의 욕심으로 왕국을 팔아먹은 새끼."

"너는 누구냐."

카이론은 무감정하게 물었다.

손에 온통 피를 묻히고도 여유로워 보이는 슈바이체른 백작은 피가 묻은 단검을 죽은 그린 후작의 옷에 쓱쓱 닦아내며 별것 아니라는 듯이 입을 열었다.

"나파즈 왕국 대외 첩보부 소속, 중령 레이보우 슈바이체른 백작."

"역시 그런가?"

"알고 있었나?"

제6장

장악

Warrior

　"아니."

　"이런. 알고 있을 줄 알았는데 말이지."

　어깨를 으쓱해 보이며 해학스럽게 입을 여는 슈바이체른 백작. 그의 표정은 여유로워 보였다. 마치 무언가를 믿고 있는 듯 말이다.

　"여유롭군."

　카이론의 말에 씨익 웃어 보이는 슈바이체른 백작. 그는 품속에서 한 장의 스크롤을 꺼내 들었다. 그리고 그것을 흔들어 보였다.

팔랑팔랑.

"이것이 무언지 아나?"

"스크롤인가?"

"맞아! 워프 스크롤이지."

"그런가?"

"훗. 너무 담담한데?"

너무나도 담담한 카이론의 답이 예상 밖인지 살짝 호기심이 느껴지는 눈동자를 해보이는 슈바이체른 백작이었다. 하나 이내 호기심을 지웠다.

"아쉽지만 여기까지인가 보군."

그러면서 그는 워프 스크롤을 찢었다.

"워프!"

그런 슈바이체른 백작을 가만히 지켜보는 카이론. 슈바이체른 백작의 몸에서 밝은 빛이 터져 나왔다.

하나,

"워프! 워프! 이, 이럴 리가……!"

처음으로 슈바이체른 백작은 당황했다. 워프 스크롤을 찢었음에도 불구하고 자신은 여전히 이곳에 남아 있었기 때문이었다.

"마법이란 것… 너희들만 사용하는 것은 아니지."

"뭐? 설마?"

그에 카이론은 턱짓으로 슈바이체른 백작의 뒤를 가리켰다. 슈바이체른 백작은 홱 소리가 나도록 빠르게 신형을 돌렸다.

빠악!

순간 슈바이체른 백작은 눈에 별이 보이는 것 같은 착각에 빠지며 의식을 잃었다.

"도대체 나파즈 왕국은 이 계획을 언제부디 실시한 거지?"

주먹을 가볍게 털며 알프레드가 중얼거렸다.

"드래곤이 모르는 것도 있나?"

"어이, 이봐! 난 지금 인간이라고."

"흠. 그런가?"

관심 없다는 듯 돌아서는 카이론.

"어이! 이놈 어떻게 할 건데?"

"그건 당신이 전문이지 않나?"

"그야 그런데 말이지."

알프레드는 확실히 그의 말이 맞음에도 불구하고 왠지 모르게 그에게 자꾸 말려들고 있다는 생각을 지울 수가 없었다.

'뭐지? 이 찜찜함은?'

그는 등을 돌리고 방을 나서는 카이론의 넓은 등을 바라봤다.

저 인간은 자신이 드래곤인 것을 알면서도 마치 인간처럼 다루고 있었다. 그런데 기분이 나쁘지 않았다. 그냥 조금 더 저 말 없는 인간과 친숙해진 그런 느낌이 들었다.

"으으음."

그때 슈바이체른 백작이 깨어나려는 듯한 기미가 보였다.

퍽!

알프레드는 다시 살짝 발을 움직여 슈바이체른 백작을 기절시켰다.

"폭풍이 불겠어. 거대한 폭풍이 불니야."

알프레드는 그런 느낌이 들었다. 진득한 피 냄새와 함께 전해져 오는 상상을 초월하는 거대한 바람이 카테인 왕국을 뒤덮을 것 같았다. 하나 그렇다 해도 카테인 왕국은 여전히 건재할 것이다.

알프레드는 아직까지 카이론을 믿고 있었다. 카이론이 내뱉은 그 말을 말이다. 물론 과거에 만들어진 부친의 잔영을 그대로 유지하고 싶기는 하지만 그렇다고 꼭 그래야 한다는 법은 없었다.

이름만이라도 유지시키면 되니까 말이다. 아버지의 일이지 자신의 일이 아니었다. 그럼에도 그가 카이론의 곁을 떠나지 않는 이유는 바로 재미있어서였다. 그의 곁에 있으면 심심할 틈이 없었다.

"어쨌든 지금은 내 직분에 충실해야지."

그렇게 말을 하면서 두 번째의 발길질에 정신을 잃어 아직 정신을 차리지 못한 슈바이체른 백작을 어깨에 턱 걸치는 알프레드였다.

"마법사 주제에 너무 체력이 좋은 건가? 워프."

그 말을 남기고 알프레드의 신형이 사라졌다. 다시 적막이 감도는 공관. 한 명의 주검만이 남아 있을 뿐이었다.

*　　　*　　　*

"공격하라!"

"쏴라!"

5미터가 넘어가는 성벽에서 무수한 화살이 하늘을 새까맣게 물들이면서 쏘아졌다. 그 모습을 바라보던 불카투스 바엘가르는 흰 이를 드러내며 미소를 떠올렸다.

티디디딩.

쏘아진 화살은 불카투스의 전면에서 무언가에 가로막힌 듯 힘없이 튕겨져 나가고 있었다. 그건 그의 뒤를 따르는 10개의 거북 대형을 이룬 1천의 병사들 역시 마찬가지였다.

몸 전체를 가리는 사각방패로 물 샐 틈 없이 막아 한 발 한 발 전진하니 그 모습이 자못 대단했고, 아무리 날카로운 화살촉을 지녔다 하더라도 두터운 방패를 관통하지 못하고 튕겨져 나가기 일쑤였다.

불카투스는 여유롭게 자신의 뒤를 따르는 1천의 병력을 훑어보다 다시 성벽 위를 바라보았다. 그리고 나직하지만 웅혼한 목소리로 또박또박한 소리로 외쳤다.

"크리스 베노아 남작. 카테인 왕국의 귀족으로서 나파즈 왕국에 군사 정보를 유출하고 왕국 전복을 획책한 바, 남부 진압 사령관의 명에 따라 사형에 처한다."

"흥! 어림없는 소리. 도대체 궁상에서 언제부터 남부에 신경을 썼더란 말이냐? 불리해지니 이제 와 충성을 요구하다니, 말 같지 않은 소리!"

"그렇다 해도 당신이 카테인 왕국의 귀족임은 부정할 수 없는 법."

"카테인 왕국? 나는 이미 왕국을 버린 지 오래다."

"그렇다면 카테인 왕국에 있는 것이 아닌 나파즈 왕국으로 갔어야지. 그곳에서 귀족을 했어야지."

"……."

불카투스의 말에 베노아 남작은 아무런 말도 할 수 없었다. 그의 말이 맞았기 때문이었다. 하지만 이미 화살은 활을 떠난 후였다. 지금에 와서 후회한들 대체 무엇이 바뀔 것인가? 바뀌는 것은 없었다.

"그래. 이미 늦은 것을……."

베노아 남작은 씁쓸하게 입을 열었다. 그의 독백과 같은 목소리는 불행히도 불카투스에게 전달되지 않았다. 이미 전투에 돌입한 상황. 아무리 큰 소리로 악다구니를 쳐도 들리지 않을 텐데 어찌 독백이 그에게 들릴 것인가?

불카투스는 마침내 베노아 남작이 지키고 있는 성문 앞에 있다. 그리고 어깨에 걸치고 있던 두 개의 배틀엑스로 거침없이 성문을 찍어갔다.

쉬이익! 콰아앙! 우직!

쉬아악! 쿠웅! 우지직!

쿠후웅!

단 두 번의 공격에 거대한 성문이 박살 났다.

그리고.

"우와아~!"

"돌겨억! 돌격하라!"

10개의 거북 대형을 유지하면서 차근차근 성문으로 접근했던 1천의 병사와 기사들이 일제히 방패를 거둬들이며 성문 안으로 쏟아져 들어갔다.

"막아라! 막으란 말이다!"

돌격해 들어가는 자들과 그 돌격을 막아 내려는 자들. 그들이 충돌했다. 그 선두에는 3미터의 거인, 불카투스가 있었음에⋯⋯.

콰아앙!

"커흑!"

한꺼번에 두세 명의 병사들과 기사들이 하늘 높이 떠올라 멀찍이 떨어져 내리며 답답한 신음을 흘렸다. 하지만 불카투스의 활약은 그 하나에만 그치지 않았다. 그가 가는 곳에는 여지없이 하나의 길이 생겼다.

그를 따르는 기사들과 병사들은 그저 무력화된 기사들과 병사들을 위협해 항복을 받아낼 뿐이었다. 불카투스는 무식할 정도의 강력한 무력은 베노아 남작군은 사기가 꺾일 수밖에 없었다.

"안 돼, 안 돼! 도저히 상대할 수가 없어."

"괴… 괴물!"

"이익! 죽어랏!"

한 명의 기사 용기를 내어 불카투스를 향해 검을 들이밀었다.

까아앙!

하나 불카투스가 휘두른 거대한 배틀엑스에 부딪혀 마치 수수깡처럼 힘없이 튕겨져 날아갔다.

그리고 그 기사와 마치 끈으로 연결된 것처럼 따라 움직이며 배틀엑스를 휘두르는 불카투스.

쫘아악!

기사의 신체가 양단되었다. 핏물이 진저리를 치듯 사방으로 튀었다.

투둑!

양단된 기사의 신형이 떨어지고, 검붉은 핏물과 함께 내장이 한꺼번에 와르르 쏟아져 내렸다. 죽은 기사의 곁에 있던 병사들은 그 잔인한 모습에 입을 떡 벌린 채 그 자리에 주저앉을 수밖에 없었다.

남부는 전쟁에서 오랫동안 벗어난 지역. 북부와 비교하면 그 정예함이 떨어질 수밖에 없었다.

심지어 방금 불카투스가 보여준 무력과 잔인함은 북부의 병사들조차 쉽게 감당하기 어려운 점이 있었다. 피와 살점이 튀는 북부의 그 거친 전장에서조차 말이다.

그런데 전투를 경험하지 않은 병사들이 어찌 감당할 수 있단 말인가? 심지어는 기사들조차 그 끔찍한 모습에 치를 떨 정도였다.

몬스터가 죽어가는 것을 보는 것과 인간이 죽어가는 것을 보는 것은 그야말로 천양지차였다. 별 차이 없다고 생각한 것은 실제 마주하지 않았기 때문이었다.

"항복하라!"

그 말을 외치면서도 불카투스는 배틀엑스를 휘두르는 것을 주저하지 않았다. 항복하지 않으면 죽음뿐이었다. 항복하기 전까지 이들은 적이니까.

툭! 투둑!

한 명의 병사가 무기를 던지고 그대로 엎드려 빌었다. 살려 달라고. 그렇게 한 명이 두 명이 되고 세 명이 되는 데는 오래 걸리지 않았다.

"항복하는 자, 내 검에 먼저 죽을 것이다!"

"공격하란 말이다! 공격해!"

베노아 남작은 목에서 피가 나오도록 외쳤고, 기사들은 겁을 집어먹고 도망치려는 병사들을 그대로 베어버리면서 외쳤다.

물러설 수 없다는 것을 알려주는 것이었다. 하나 그것은 오히려 역효과를 낳았다.

항복해도 죽고 물러나도 죽는다. 그런데 전투에 참여한 병사들은 영주에 대해서 그리 큰 충성심을 가지고 있지 않았다. 영주가 바뀌든 바뀌지 않든 자신들의 삶은 변하지 않으니까.

그러면 차라리 적에게 항복하고 그들과 함께 싸우면 살 수는 있지 않은가? 그들은 적어도 항복하면 살 수 있다고 말을 했으니 말이다.

"나, 난 살고 싶다!"

"항복! 항보옥!"

항복하는 병사들이 늘어갔다. 아무리 죽여도 소수의 기사들로서는 한계가 있는 법이었다. 그 모습을 보고 있던 베오나 남작은 이를 부득 갈아붙였다.

"저, 저놈들이… 가, 감히……!"

항복하는 병사들을 손가락질하며 차마 뒷말을 잇지 못하는 베노아 남작이었다.

그는 그저 그런 귀족이었다. 그것은 영지민들에게도 마찬가지였다. 있어도 그만 없어도 그만인 그런 귀족 중의 한 명이었다.

하나 정작 영지를 다스린 베노아 남작의 심정을 달랐다. 자신은 여느 영주가 하는 만큼 해줬다. 그런데 그 감사함을 목숨으로 갚을 생각은 하지 않고 적도 앞에서 무릎을 꿇고 목숨을 구걸하다니.

"주군! 자리를 피하심이……."

"그, 그래야지."

곁으로 다가온 기사의 말에 베노아 남작은 퍼뜩 정신을 차리고 허겁지겁 몸을 움직이기 시작했다. 성안은 여전히 전투 중이었다. 여기저기 흩어져 아직도 싸우고 있는 병사와 기사들이 있었다.

베노아 남작을 호위하는 기사는 앞을 가로막는 이들이 있으면 적군이든 아군이든 가리지 않고 베어 넘겨버렸다.

"어서, 어서!"

베노아 남작은 마음이 급했다. 그때 그의 귓가로 들려오는 목소리가 있었다.

"저기 있다! 저기 베노아 남작이 도망치고 있다!"

"어헉! 빠, 빨리……."

그 소리에 뒤를 돌아보던 베노아 남작은 거구의 사내가 자신을 향해 쇄도하고 있는 것을 보며 화들짝 놀라면서 발걸음을 재촉했다. 착용하고 있던 헬름은 귀찮았던지 벗어던졌고, 종내에는 도망치는 데 방해가 되고 무겁기만 한 풀 플레이트 메일을 하나둘 벗어 던지기 시작했다.

그 덕분인지 그들의 이동 속도는 한결 빨라졌다. 그리고 마침내 비밀 통로 앞에 도착했다. 그 즈음 베노아 남작은 뒤를 한 번 바라보았고 한숨을 내쉬었다.

거구의 사내는 수없이 많은 병사들과 기사들에 가로막혀 전진이 더뎠다.

그는 슬쩍 안도하는 미소를 떠올렸다.

"크흐, 멍청한 놈!"

그그그극!

벽이 움직이며 비밀 통로가 서서히 열렸다.

"늦어!"

베노아 남작이 재촉했다. 통로로 들어서기 전까지는 절대 안심할 수 없었기 때문이었다. 문이 열리고 베노아 남작은 그 통로 속으로 몸을 들이밀었다.

그때!

쐐에에엑! 콰직!

"어억!"

거대한 배틀엑스가 날아와 닫히고 있는 석문을 강타했다.

드드드! 후두둑!

배틀엑스는 석문에 그대로 박혔고, 석문은 움찔거리면서 돌가루를 풀풀 날렸다. 그러면서도 여전히 석문은 작동하고 있었다.

민감한 마법적인 장치가 아닌, 인위적으로 사람이 열고 닫는 석문이다 보니 엄청난 충격에도 계속 닫히고 있는 것이다.

석문이 거의 닫혀 외부로부터 완벽하게 차단될 즈음 베노아 남작은 긴장했던 한숨을 토해냈다.

"후우~"

살았다. 살은 것이다. 저놈들은 자신을 따라 올 수 없었다.

이 비밀 통로는 꽤 길었고, 총 열여섯 개의 길이 있으니 자신을 찾기는 힘들 것이었다. 또한 이 비밀 통로 속에는 1백 명이 석 달은 족히 견딜 수 있는 물자도 있었다.

그러니 살아난 것이었다.

그런데 그때.

턱!

완벽하게 닫히려는 석문 틈으로 손가락이 비집고 들어왔다.

쿠드드득!

"히익! 어, 어서 닫아! 닫으란 말이다."

베노아 남작의 말에 지렛대를 움직이고 있던 기사는 안간힘을 쓰며 석문을 닫으려 했다. 하나 석문은 그 자리에서 움직이지 않았다. 아주 작은 틈이 남은 채 말이다.

드드득!

석문이 흔들렸다.

그에 베노아 남작은 옆에 있는 기사의 검을 빼들고 석문 틈으로 나와 있는 손을 내려치기 위해 석문 쪽으로 달려갔다.

"으아아악!"

그 순간, 석문을 잡고 있던 손이 빠져나갔다.

채앵!

석문과 검이 부딪히며 날카로운 소리가 흘러나왔다. 베노아 남작은 손아귀가 찢어지는 듯한 아픔에 검을 놓을 뻔했다.

"후우~"

그리고 안심했다. 이제는 안전했다. 석문이 닫혔으니까.

콰앙! 콰직! 콰앙!

쩌적! 쩌저적!

그때 석문이 흔들리기 시작했다.

"무, 무슨… 설마?"

설마란 저 두껍디두꺼운 석문을 부수는 것이었다. 그에 베노아 남작은 피식 웃음이 흘러나왔다. 무려 50㎝가 넘어가는 석문이었다. 그런데 그것을 아무리 거대한 배틀엑스라고는 하지만 부술 수 있을 리는 만무했다.

"가지."

안정을 찾은 베노아 남작은 몸을 돌려세우며 입을 열었다. 그에 그를 호위하는 기사들 역시 신형을 돌려세웠다.

그들도 안다. 저 석문을 깨기란 그리 쉽지 않음을 말이다. 뭐, 익스퍼트 중급의 기사가 쉴 새 없이 오러 포스를 사용한다면 가능할지도 몰랐다.

하지만 과연 그럴 만한 중급의 기사가 있을까? 없다.

마나를 사용할 수 있는 한계가 있으니 말이다. 그래서 전장에서 마나를 사용하는 기사는 드물 수밖에 없었다. 마나란 그런 것이다.

그래서 기사들은 익스퍼트가 되어도 끊임없이 단련한다. 오러 스트림을, 오러 포스를, 오러 얀을 더 오랫동안 시전하기 위해서 말이다. 그래서 소드 마스터가 대단한 것이었다.

마나의 수발에 있어 어느 정도 자유로웠고, 오러 블레이드는 자르지 못할 것이 없으니 말이다. 하지만 그 인간처럼 보이지 않는 놈이 소드 마스터일 리는 없지 않은가 말이다. 그들이 그렇게 생각하고 신형을 돌려 한 걸음을 내딛는 그 순간.

콰아아앙! 와르르르!

거대한 폭음과 함께 무언가 무너져 내리는 소리가 들려 왔다. 그들은 순간적으로 무언가 잘못되었다는 것을 느끼며 홱 소리가 나도록 빠르게 몸을 돌려세웠다.

"크하아악!"

그때 한 명의 기사가 허공에 부웅 떠오르더니 비밀 통로의 벽에 그대로 박혀 버렸다. 그리고 흘러내리는 핏물. 죽은 것이다.

"말했지, 사형이라고."

악마처럼 속삭이는 자.

바로 불카투스 바엘가르였다.

"허억! 주, 죽여!"

벌벌 떨면서도 기사들을 앞으로 밀며 정신없이 외치는 베노아 남작. 그 소리에 기사들은 정신을 차렸는지 이내 각기 검을 들고 불카투스를 향해 쇄도했다. 그중 몇몇은 오러 스트림을 시전하고 있었다.

단번에 불카투스를 죽여 버리겠다는 의지의 표현이라 할 수 있었다.

하나,

콰직!

"크아악!"

베노아 남작에게 들려오는 소리는 비명뿐이었다. 그 비명 소리가 들려오는 순간 베노아 남작은 뒤도 돌아보지 않고 몸을 돌려 내달리기 시작했다. 그가 비밀통로 깊숙이 들어갈수록 비명 소리는 점점 작아졌다.

그리고 종내에는 아무런 소리도 들려오지 않았다. 그제야 베노아 남작은 달리는 것을 멈췄다.

"허억. 허억. 후욱!"

거친 숨소리가 그의 입에서 토해져 나왔다. 그는 잠시의 여유를 통해 자신의 모습을 훑어보았다. 일렁이는 횃불이 자신의 상태를 너무나도 훤하게 보여주고 있었다.

여기저기 찢어지고 깨져 있었다.

얼굴에는 굵은 땀방울이 연신 떨어져 내리고 있었고, 찢어진 옷은 축축하게 땀으로 젖어 있었다. 서늘한 비밀통로는 잠깐의 휴식임에도 불구하고 땀을 식혔으며 이내 한기를 느낄 정도였다.

저벅!

그때 그의 귓가가 쫑긋 세워졌다. 발자국 소리를 들은 것 같아서였다. 하지만 자신이 지나온 비밀통로는 조용하기 그지없었다.

'어떻게 되었을까?'

순간 베노아 남작은 기사들은 어떻게 되었을까 하는 생각이 들었다. 혼자 살아서야 아무것도 할 수 없으니 말이다.

자신이 귀족으로서 기본 소양인 검술을 배우기는 했지만 재능이 없어서인지 일찍이 흥미를 잃었기에 그저 그런 귀족일 뿐이었다.

그런 생각이 들자 베노아 남작은 갑자기 무슨 용기가 솟아났는지 조심스럽게 기신이 죽어라 뛰어온 통로를 되짚어 가기 시작했다. 하지만 그 움직임은 조심스럽기 그지없었다. 여차 하면 바로 신형을 돌려 도망칠 만반의 준비를 다한 그런 자세였다.

그렇게 한참을 가도 통로는 아무 이상이 없었다. 베노아 남작 딴에는 '이렇게 많이 왔던가?' 하는 생각까지 들 정도였다. 하지만 그는 자신이 평소보다 서너 배는 느리게 움직이고 있다는 것은 생각지도 못하고 말이다.

퍼석!

"어억!"

무언가 잘못 밟았던가? 베노아 남작은 자신도 모르게 소리를 질렀다. 하지만 이내 한 손으로 입을 가렸다. 비밀 통로는 동굴과 같아서 작은 소리도 멀리 퍼진다는 것이 생각나서였다.

그는 바로 한 손으로 입을 막은 채 주변을 둘러봤다.

어느 순간 그는 오싹한 느낌이 들었다. 기사도 없고 수하도 없다. 지금 이곳에는 오로지 자신만이 존재했다.

그러한 생각이 들자 갑자기 무섭도록 치미는 공포와 통로의 한기였다. 그러다 갑자기 그의 눈에 잡힌 어른거리는 그림자.

"누구냐!"

그가 조심스럽게 외쳤다. 그러곤 차고 다니는 검을 잡아 빼고 횃불을 앞으로 들이밀었다.

어른거리는 그림자를 확인하려 조심스럽게 이동했다. 그러다 바람 빠지는 듯한 소리를 내며 그 자리에서 얼어붙어 버렸다.

"헉!"

그의 앞에 있는 자는 불카투스 바엘가르.

"형을 집행한다."

스걱! 툭!

물어보지도 않았다. 그의 배틀엑스는 잔인하도록 냉정했다. 불카투스는 놀란 표정을 짓고 회백색으로 변한 베노아 남작의 머리를 들고 통로를 다시 거슬러 올라갔다.

*　　　　*　　　　*

"레이첸스 보그 자작이다."

"진압군 3전대 전대장 캐슬린 맥그로우."

"말이 짧군."

"아직 카테인 왕국의 귀족인가? 나파즈 왕국은 현재 전쟁 중이다. 어느 쪽인가?"

맥그로우 3전대장의 말에 보그 자작은 침음을 삼켰다. 사실 아직까지도 결정하지 못했다. 카테인 왕국의 귀족으로 남을지 아니면 나파즈 왕국으로 넘어길지 말이다.

카테인 왕국은 애증어린 조국이라 할 수 있었다.

남부는 버림받았다.

중앙은 남부의 귀족을 중용하지 않는다. 남부의 귀족은 절치부심 각자 세력을 형성했으며, 그 와중에 살아남기 위해 세력을 선택하지 않을 수 없었다.

그중 자신은 가장 큰 그늘 아래로 들어갔다.

그런데 그 그늘이 개국 이래 끊임없이 영토 다툼을 하고 있는 나파즈 왕국이었다니. 씁쓸했고 충격적이었지만 자신의 결정과 책임을 회피할 생각은 없었다.

이제부터라도 그런 잘못을 저지르지 않아야 했다.

"나는 아직까지 카테인 왕국의 귀족이네."

"그렇습니까?"

보그 자작의 말에 맥그로우 3전대장은 담담하게 말을 받았다. 당장에 태도를 바꾸는 그녀. 그녀를 바라보는 보그 자작의 시선은 심유하게 침잠해 들어갔다.

'절대 간단한 인물은 아니로군.'

그랬다. 여자라 해서 얕본 면도 없지 않아 있었다. 아니, 솔직히 기분 나빴다.

자신을 얼마나 쉽게 봤으면 전대장이라고 보낸 이가 여자일까. 하지만 물 흐르듯 자연스럽게 이리저리 모습을 바꾸는 그녀의 모습에 녹록치 않을 것이라는 생각이 들었다.

"하면 어찌하실 생각이십니까?"

"무엇을 말인가?"

"그린 후작은 적과 내통하여 아국의 정보를 팔아 넘겼으며, 적국의 암살자를 들여 진압 사령관의 목숨을 노렸습니다."

"그렇다고 하더군."

자신과는 하등 관계없다는 듯이 시큰둥하게 답하는 보그 자작. 그런 보그 자작을 보며 무심한 듯 강경한 목소리가 흘러나왔다.

"단도직입적으로 말씀드리겠습니다. 진압 사령관께 허리를 숙이시던지 아니면 매국노의 치욕을 감내하시던지."

"지금… 뭐라 했는가?"

"다시 말씀드립니까?"

무미건조한 음성이 들려왔다.

화를 내려던 보그 자작은 순간 등골이 서늘해지는 느낌을 받았다. 보그 자작은 맥그로우 3전대장을 바라봤다. 보라색 눈동자가 자신을 직시하고 있었다. 그 눈동자에는 어떠한 감정도 깃들어 있지 않았다.

그것이 더 무섭게 다가오고 있었다.

성문 밖에는 1천의 병력이 대기하고 있다. 자작의 영지를 들어옴에 겨우 1천을 대동했다는 핏노 우스운 일이거늘 들어오란다고 단신으로 본성에 들어온 캐슬린 맥그로우 3전대장.

처음엔 코웃음 쳤다. 그런데 첫 대면부터 이상하게 주눅이 들어가고 있었다. 마치 싸늘한 얼음을 눈앞에 둔 것 같은 그런 느낌이 들기 시작한 것이었다. 지금도 그렇다.

저 감정 없는 눈동자와 말투.

어떤 결과가 나오든 그 결과에 대한 모든 것을 자신의 책임으로 안고 갈 것 같은 그런 행동거지.

이런 류의 사람은 무섭다. 지금 당장 흑백을 가리지 않으면 안 되는 것이다.

하긴 이들은 추문하러 온 것이지 자신들의 의견을 구하기 위해서 온 것은 아니었으니 당연한 태도라 할 수 있었다.

"감히 어느 안전이라고 입을 함부로 나불거리는가?"

그때 보다 못한 기사 한 명이 나섰다.

'옳거니.'

보그 자작은 그렇게 생각했다. 대화의 방향이 딱 막혔었는데 평소 다혈질로 소문난 카무스 경이 나서주니 반가웠다. 울고 싶으니 뺨을 때려주는 격이었다.

보그 자작은 그를 제지하지 않고 그저 응원하듯 슬쩍 한 발물러섰다.

그에 그것을 허락이라고 본 카무스 경은 검병에 손을 둔 채 앞으로 나섰다.

"누군가?"

냉엄하게 묻는 맥그로우 3전대장.

"네년에게 알려줄 이름 따위는 없다."

투후욱!

순간 맥그로우 3전대장의 신형이 튕기듯이 자리를 박찼다.

그 움직임이 어찌나 신속했는지 감히 눈으로 쫓을 수조차 없었다. 눈 한 번 깜짝할 시간에 맥그로우 3전대장은 카무스 경의 눈앞에 서 있었다.

"결투를 신청한다."

코끝이 닿을 정도로 가까운 거리. 카무스 경은 놀라 자빠질 뻔했다. 그녀가 어떻게 움직이는지조차 보지 못했다. 그런데 그녀는 이미 자신의 코앞에 존재했다.

맥그로우 3전대장의 보라색 눈동자가 보그 자작을 바라봤다. 결투를 인정하겠느냐는 물음이었다. 보그 자작은 침음할 수밖에 없었다. 상대가 여자라고는 하지만 엄연히 기사. 기사에게 치욕은 당연히 결투였다.

귀족이 어찌할 수 있는 것이 아니었다. 다만 형식적인 물음일 뿐이었다.

끄덕!

보그 자작이 고개를 끄덕였다.

"연무장이 있더군."

그러면서 몸을 돌려 걸어 나가는 맥그로우 3전대장. 그녀의 은백색 머리카락이 소담스럽게 출렁거렸다.

"이이~!"

카무스 경은 지금 이 순간이 그토록 치욕스러울 수 없었다.

그가 치욕스럽게 생각하는 이유는 고작 여자에게 순간적이나마 오금이 저리는 공포를 맛보았기 때문이었다. 보라색 눈동자가 자신의 전신을 옭아맸고, 자신은 어떤 반항조차 하지 못했다는 것이었다.

그는 분을 가득 채운 심정으로 걸음을 옮겼다.

보그 자작과 기사단장, 그리고 몇몇의 기사가 같이 걸음을 옮겼다. 그들은 아직까지 자신들이 질 것이라고는 생각하지 못했다.

단지 저 광망한 여기사에게 어떻게 자신의 위치를 인지시켜 줄지를 고민할 뿐이었다.

　사람의 자만심이란 종종 순간의 판단을 흐리게 하는 경우가 있었다. 바로 보그 자작과 기사단장 그리고 몇몇의 기사들이 그러했다. 그들은 자신들의 수를 믿을 뿐 그녀의 움직임조차 제대로 파악하지 못했다는 것을 인식하고 있지 못했다.

　그들이 연무상에 도착했을 때 이미 연무장이 중심에는 맥그로우 3전대장이 서 있었다.

　한 손에 클레이모어를 내려뜨린 채 긴 은백색 머리카락을 살랑이는 그녀의 모습은 마치 그림과 같았다. 만약 기사의 형상을 한 엘프가 있다면 바로 그녀의 모습일 것이었다.

　"네년! 후회하지 마라!"

　크게 외치는 카무스 경. 검끝을 내려다보던 그녀의 시선이 그에게로 향했다.

　"보그 자작 가문의 기사는 결투를 말로 하나?"

　"이익… 죽어랏!"

　분을 이기지 못한 카무스 경이 제대로 자세도 잡지 않고 맥그로우 3전대장을 향해 쇄도해 들었다. 네까짓 년쯤은 자세를 잡을 필요조차 없다는 듯이 말이다.

　그런 카무스 경을 보며 희미한 미소를 떠올리는 맥그로우 3전대장.

'조롱?

그 순간 카무스 경은 그렇게 느꼈다. 그에 힘으로 찍어 누를 작정이었다. 여차하면 죽일 작정이었다. 그녀는 자신의 기세가 무서웠던지 그 자리에서 꼼짝도 하지 않았다.

그런데.

'왜 이상하지?'

그랬다. 이상했다. 조롱을 날렸는데 자신의 기세가 무서워? 말도 안 된다. 그리고 그것을 느끼는 그 순간. 그의 시선은 맥그로우 3전대장을 놓쳤다.

허깨비가 된 듯 그의 시선으로부터 사라진 것이었다.

퍼억!

"커억!"

카무스 경은 눈앞에 불똥이 튀는 것을 경험했다. 순간 정신이 아찔해졌다.

복부로부터 전해져 오는 끔찍한 고통은 지금까지 느껴보았던 그 어떤 고통과도 비견할 수 없었다.

그의 허리가 일자로 접혔다. 그리고 근 10여 미터를 날아가 바닥이 널브러졌다.

날아가는 그를 따라가는 은백색의 빛살이 있었으니 그 은백색의 빛살이 널브러진 카무스 경의 위로 떨어져 내렸다.

빠각!

또다시 들려오는 뼈가 부러지는 소리.

그 소리가 들려온 후에야 보그 자작과 기사들은 자세한 정황을 파악할 수 있었다. 카무스 경의 얼굴 깊숙하게 무릎을 묻고 있는 그녀. 필시 카무스 경은 죽었을 것이다.

"네년이 감히!"

누군가 뛰어 나왔다. 보그 자작의 기사단장인 유라이어 크루즈 경은 뛰어 나가는 기사를 말리고 싶었다. 하나 말릴 수 없었다. 그가 말릴 시간도 주지 않고 기사가 뛰어 나갔기 때문이었다.

그녀는 서서히 자리에서 일어서고 있었다.

카무스 경의 얼굴은 그대로 함몰되어 있었다. 가슴에는 기복조차 없었다. 죽은 것이다. 그녀는 아래를 한 번 내려다본 후 다시 자신을 향해 쇄도해 오는 기사를 바라봤다.

"결투는 신성한 것. 결투장에 난입했다 함은 그 신성함을 더럽히는 것이지."

그녀가 바람을 탔다. 아니, 그녀 스스로가 바람이 되었다. 어찌 인간의 모습으로 바람이 될 수 있겠냐마는 지금 현재 여기 연무장에 있는 모든 이들이 그렇게 느끼고 있었다.

스르르릉!

검집에서 검을 뽑아드는 것 같은 소리가 들려왔다. 그리고 결투장에 뛰어든 기사와 그녀가 엇갈렸다. 그녀는 클레이모어를 들고 자세를 낮춘 상태였다. 그녀의 클레이모어 끝에서 선혈 한 방울이 떨어져 내렸다.

투둑!

비명도 없었다. 달려 나간 그 자세 그대로 엎어지는 기사. 순식간에 두 명의 기사가 죽어나갔다. 순간 보그 자작은 숨조차 쉴 수 없을 정도의 강렬한 무언가를 느꼈다.

그는 지금까지 검을 손에서 놓지 않았다.

비록 노력에 비해 그 가진 바 재능이 따르지 못해 50에 이른 지금에도 겨우 익스퍼트 하급이지만 말이다.

검을 잡고 수십 년. 지금과 같은 압박감을 느낀 적은 없었다. 그만 그렇게 느낀 것은 아니었다.

자작 가문의 기사단장이 된 지 어언 20년. 그 오랜 세월 동안 고련에 고련을 하였건만 여전히 하급과 중급의 사이에서 더 이상 발전이 없었던 크루즈 경 역시 놀라기는 마찬가지였다.

'상급.'

그저 막연하게 그렇게 생각이 되었다.

하수가 상수의 경지를 볼 수는 없는 노릇. 하지만 그 군더더기 없는 손속은 분명 몇 해 전에 본 적 있는 상급의 기사와 전혀 다르지 않았다.

"아직 답을 듣지 못했습니다."

그녀의 말에 그 누구도 섣불리 움직이지 못했다.

죽은 기사들과 딱히 다르지 않는 자신들이 수백 명이 있어도 결코 저 은백발의 여기사를 당해낼 수 없음은 자명한 일이었으니까 말이다.

맥그로우 3전대장의 말에 보그 자작은 마른침을 삼킬 수밖에 없었다. 더 이상의 충돌이 있어서는 안 되었다.

어차피 자신은 나파즈 왕국으로 넘어갈 이유가 없었다. 자신이 이곳은 자신의 고향이니까 말이나.

한낱 미물인 여우조차도 죽을 때는 고향을 향해 머리를 돌리고 죽는다 했다. 50이 넘은 나이에 어디를 갈 것인가? 평생을 부당한 대우로 일관한 왕국이지만 그래도 여전히 자신이 나고 자랐으며, 뿌리를 두고 있는 곳이 아니던가?

"무엇을 줄 수 있는가?"

그런 질문을 하는 보그 자작을 빤히 바라보는 맥그로우 3전대장. 그녀의 입이 조용히 열렸다.

"무언가 잘못 생각하고 계신 듯합니다. 제가 이곳에 온 것은 협상을 위해 온 것이 아닌 반역에 가담한 죄를 묻기 위해서입니다."

그녀의 말은 무조건 복종이었다.

"하나 그를 어찌 믿는가? 남부의 거대한 기둥이라 할 수 있는 그린 후작조차 적들의 농간에 놀아난 상태. 그를 어찌 믿는다는 말인가?"

"그는 자신을 버린 왕국을 위해 나파즈 왕국을 막아서고 있습니다. 귀족이라고 하는 당신들이 그를 귀족의 차남이자 알카트라즈의 죄수였다는 것을 핑계로 비하하고 힐난하는 와중에 말입니다."

"크흐음."

그녀의 말이 맞았다. 그가 어떤 욕망을 가지고 있든 간에 현재 나파즈 왕국을 막아서고 있는 자는 오로지 그 하나뿐이었다. 그것을 알면서두 자신들은 그를 힐난하고 깎아내리기 바빴다.

"그에게 귀의하면 조금 달라지겠나?"

힘이 빠진 보그 자작의 물음이었다. 그런 그를 바라보며 맥그로우 3전대장은 고개를 끄덕였다.

"최소한 욕망에 사로잡히지는 않을 것입니다."

"그런가? 그렇다면 가야겠지. 그에게 힘을 보태야겠지……."

"그리 전하겠습니다. 그럼 병력을 추스르시길."

그 말을 남기고 그녀가 신형을 돌려세웠다. 이제 한 곳을 끝냈을 뿐이었다. 그나마 보그 자작은 단순 가담자일 뿐이었다. 이보다 더 깊숙하게, 아니, 이미 나파즈 왕국의 귀족이 된 이들도 있을 것이었다.

모두 잘라내야 했다. 아프지만 잘라내야 했다. 그래야 새살이 자라는 법이었다.

이번이 기회였다. 이 기회를 놓친다면 두 번 다시는 이런
기회가 오지 않을 것이다. 그것을 너무나도 잘 알고 있는 그
녀였다.

*   *   *

"어떻게 됐지?"

"가담했던 자들은 총 36명. 그중 단순 가담자가 12명입니
다."

"상당하군."

"하지만 언젠가는 도려내야 할 곪은 상처입니다."

"그렇겠지."

카이론과 라마나의 대화였다. 그들은 사로잡은 슈바이체
른 백작으로부터 많은 것을 얻어냈다. 그는 남부를 총괄하는
지부장이었다. 물론 쉽게 얻어진 것은 아니었다.

하지만 그를 고문한 것은 인간이 아닌 드래곤. 드래곤에게
슈바이체른 백작은 그저 하나의 실험 대상일 뿐이었다. 그가
아무리 바락바락 우긴다 해도 결코 그의 감정을 움직일 수는
없었다.

결국 모든 것을 토해내고 스스로 죽음을 선택한 슈바이체

른 백작.

카이론은 그 모든 것을 알고 있었다. 그는 죽은 슈바이체른 백작을 동정하지 않았다. 그는 자신보다 훨씬 더 독한 방법으로 수많은 사람을 죽여 왔으니까.

"얼마쯤 걸릴 것 같은가?"

"적어도 한 달 이내에 모든 것이 완료될 것입니다."

"맥그래스 백작은?"

"그는 대의를 택했습니다."

"그는 여우같은 늑대로군."

"딱 거기까지입니다."

"그렇겠지. 그럼……."

"이제는 내실을 다질 때입니다."

카이론이 무엇을 생각하고 있는지 알고 있다는 듯이 입을 여는 라마나였다.

그랬다. 급작스럽게 세력을 팽창하고 단숨에 남부를 집어 삼켰다. 이젠 소화시켜야 할 때였다. 잘못하면 소화불량에 걸리기 십상이니 말이다.

"저들은 움직이지 않겠나?"

"당분간 움직이지 않을 것입니다. 일단 남부에 심어둔 그들의 수족이 모두 잘려 나간 이상 어떤 이상 사태가 벌어졌다고 판단할 것이며, 그것을 파악하는 데 주력할 것입니다."

"흐음."

카이론은 턱을 쓰다듬었다. 까슬한 수염이 손가락을 어지럽혔다.

확실히 라마나의 말대로 될 가능성이 높았다.

우선 그들은 재상과 연결할 끈이 떨어진 상태. 재상과 연락하려 한다 해도 그 중간에 자신이 지배하는 남부가 있는 한은 그리 쉽지는 않을 것이다.

"새로운 조직이 필요하겠군."

"그렇습니다."

"앞으로 한 달 후 전군 지휘관 회의를 소집시켜."

"알겠습니다."

그렇게 새로운 시대가 열렸다. 남부 전체를 장악하지는 못할 것이다. 하지만 남부에서 카이론을 제외하면 그 누구도 패자라고 할 수 있는 존재는 없었다. 그의 그림자 밑으로 숙이고 들어오지 않더라도 결코 그의 영향력에서는 벗어나지 못할 것이었다.

'이제 시작이로군.'

두 번째 시작이었다. 첫 번째가 알카트라즈라면 그의 거대한 두 번째 발걸음이 이곳에서 시작되고 있었다.

제7장

남부의 패자

$Warrior$

"실패? 또 실패란 말인가?"

"죄송합니다."

"허어~!"

칼텐부르너 군사장의 실패했다는 말을 들은 팀버레이크 백작은 한탄을 금치 못했다. 그는 말없이 자리에서 일어나 저 멀리 보이는 다섯 개의 성을 바라보았다.

'죽음의 장벽! 이다지도 넘기 힘들다는 말인가?

그는 착잡한 마음이 되었다.

보통 사람들은 이까짓 다섯 개의 성쯤은 그저 우회하면 될 것 아니냐고 말할 수도 있었다. 나파즈 왕국과 칼테인 왕국의 국경은 그 다섯 개의 성만 있는 것은 아니니까 말이다.

하지만 나파즈 왕국과 칼테인 왕국 간의 오랜 역사를 알고 있는 자들은 그렇게 말하지 못할 것이다.

엄밀히 말하면 나파즈 왕국은 칼테인 왕국의 유배지였다. 한데 유배를 갔던 이들이 하나둘 모였고, 토착 세력과 한데 뭉치다 보니 점점 세력이 커져 마침내 하나의 왕국이 되었다.

때문에 나파즈 왕국은 칼테인 왕국에게 그야말로 애증이 점철된 감정을 가지고 있었다. 그리고 그것은 곧바로 외교적으로 심각한 불화를 일으켰고, 마침내 서로 양립할 수 없는 앙숙 관계가 성립되었다.

그 앙숙 관계는 나파즈 왕국의 선공으로 이어졌다. 하지만 그들은 결코 죽음의 장벽을 넘어서지 못했다. 나파즈 왕국은 유구한 역사 속에서 딱 두 번 칼테인 왕국 전체를 발아래 둔 적이 있었다.

그 두 번은 모두 죽음의 장벽을 우회하여 칼테인 왕국을 침략한 경우였다. 하지만 결국 그 두 번의 점령은 불과 몇 년 만에 끝이 나고 말았다. 죽음의 장벽에서 발원한 칼테인 왕국의 최후의 일격에 의해서 말이다.

때문에 죽음의 장벽에 대한 나파즈 왕국의 감정은 상상하는 이상으로 강력했다.

그저 생각만 해도 치가 떨리고 죽음의 장벽을 넘지 못하면 영원히 칼테인 왕국을 점령할 수 없다는 그런 강박관념이 뇌리 깊숙하게 박혀 있는 것이었다.

그래서 그들은 매번 칼테인 왕국을 침략할 때 반드시 죽음의 장벽을 가장 먼저 점령하려 했다. 이번에도 마찬가지였다.

죽음의 장벽을 이루는 다섯 개의 성을 고립시켰다. 중앙을 삼왕자가 장악하고, 주변의 귀족들을 공들여 포섭했다.

완벽하다고 생각했다.

그런데 또다시 좌절되고 있는 것이었다.

어디에서 어떤 명령을 받았는지 모를 일단의 군대에 의해 연파당하고 있었으며, 죽음의 장벽 앞에서 무릎 꿇고 말았던 것이다.

게다가 이번에는 회심의 역작이라고 할 수 있는 절망의 기사까지 있었음에도 실패했다. 도대체 어떻게 해야 저 죽음의 장벽을 걷어낼 수 있다는 말인가? 정말 도저히 불가능하다는 말인가? 정녕 세상에는 불가능한 일이 있단 말인가?

때문에 지금 팀버레이크 백작은 비참할 정도의 지독한 허무와 절망을 느끼고 있었다.

4번대와 3번대가 전멸했다. 누구도 살아오지 못했다. 1백에 이르는 절망의 기사 역시 돌아오지 않았다.

병사들은 어느새 죽음의 장벽을 가기 위해선 반드시 지나야 하는 야트막한 야산을 불귀의 숲이라 부르고 있었다. 그것은 이미 공포가 되어 있었다.

그들에게 돌아온 것은 소금에 절여진 죽은 목뿐이었으까.

"정녕 방법이 없는 것인가?"

팀버레이크 백작은 다시 물었다. 아니, 그렇게 홀로 독백을 했다. 그의 옆에 있던 칼텐부르너 군사장 역시 아무런 말을 할 수 없었다.

그도 마찬가지였다. 그는 평소 죽음의 장벽이란 거창한 이름이 붙은 5개의 섬을 한 번 보고 싶어 했다.

과거 나파즈 왕국을 끊임없이 막아낸 죽음의 장벽… 그는 그것이 우연이라 생각했다.

한데 직접 와서 보니 죽음의 장벽은 마치 마왕성처럼 우뚝 서 단 한 발도 칼테인 왕국으로의 걸음을 허용치 않았다. 그와 더불어 불귀의 숲이라니. 2만의 병력은 순식간에 삼켜 버린 숲이라니.

생각하면 할수록 오금이 저릴 정도였다.

'저기에는 나보다 뛰어난 자가 있다.'

그는 본능적으로 느끼고 있었다. 온갖 지략을 힘으로 부숴 버리는 무엇이 저곳에는 존재했다. 그 알 수 없는 존재에 일말의 두려움을 가지기 시작했다. 넘지 못할 산이 아니라고 생각했건만 와서 보니 이미 넘을 수 없는 산이 되어 버렸다.

"삼왕자 전하께 도움을 요청해 보심이……."

"연락할 방법이 있나?"

"시간이 걸리겠으나 인편을 이용할 수밖에 없습니다."

"허어~ 인편이라니. 마법사를 두고 인편이라니……."

어처구니없다는 듯이 웃어버리는 팀버레이크 백작이었다.

그럴 수밖에 없었다. 남부에 구축해 놨던 방대한 정보망이 완벽하게 사라져 버렸다. 마지막에 그 방대한 정보망을 구성하던 자들로부터 전해진 발악과 같은 통신을 보면 그 상황을 짐작할 수 있었다.

그들의 아우성이 있은 직후 그들로부터 전해져 오는 모든 정보가 차단되었다.

한마디로 지금 현재 자신들이 치고 들어가야 할 남부에 대한 정보가 하나도 없다는 것이었다.

당연히 당혹스러울 수밖에 없었다. 멀쩡하게 세상을 보던 자가 어느 순간 세상으로부터 단절되어 암흑 속에서 걷는다면 대체 어떤 느낌일까? 가장 먼저 찾아오는 것은 바로 절망감일 것이다.

지금 팀버레이크 백작과 칼텐부르너 군사장이 겪는 감정은 바로 그것이었다.

절망감. 아무것도 알 수 없는 것에 대한 두려움. 그것이 스멀스멀 솟아나고 있었다.

"일단은 그렇게 하지. 저곳을 넘지 못하면 이번 원정 역시 실패할 가능성이 높으니 말이야."

"알겠습니다."

칼텐부르너 군사장이 명을 받아 막사를 나가자 팀버레이크 백작은 의자에 몸을 묻으며 깊은 한숨을 내쉬었다. 그러면서 고개를 절레절레 저어보였다.

한순간에 그의 얼굴은 적어도 10년은 더 늙어 보였다.

"대체 어떤 괴물이 있는 것이냐?"

정말 알 수 없는 칼데인 왕국이었다. 넘어질 듯하지만 넘어지지 않는 왕국이었다. 남부 귀족을 절반 가까이 회유했고, 중앙 귀족의 3분의 1을 회유했음에도 여전히 건재한 칼데인 왕국.

도대체 얼마나 더 공을 들이고 얼마나 더 귀족들을 회유해야 한단 말인가? 도무지 답을 찾을 수 없었다.

팀버레이크 백작은 골이 아파옴과 동시에 눈이 피로해지기 시작했다.

그는 무의식적으로 관자놀이를 검지와 중지로 꾹꾹 눌렀고, 고개를 뒤로 젖혔다. 하지만 두통은 전혀 가시지 않았고, 목 뒤는 여전히 묵직한 무엇이 놓여져 있는 것처럼 느껴지고 있었다.

*　　　*　　　*

나파즈 왕국에게 말 못 할 중압감과 공포를 안겨준 당사자는 여유롭게 대회의실의 가장 상석에 앉아 있었다.

그의 얼굴은 평온해 보였다. 아니 평온해 보이는 것이 아니라 무표정해 보였다.

거의 수백여 명이 입추의 여지도 없이 꽉 들어찬 크릭 성의 대회의실. 이곳에는 그동안 남부의 귀족 대나수가 모여 있었다.

귀족들의 표정은 각양각색이었다. 어떤 이는 지극히 상기되어 있었고, 어떤 이는 살얼음을 얹어 놓은 듯 냉막하기 그지없다. 어떤 이는 불안한 듯 연신 사방을 두리번거렸고, 어떤 이는 얼굴 가득 불만스러운 표정을 여과 없이 드러내고 있었다.

"그래서 합당하지 못하다?"

"그렇소."

"그럼 어쩔 수 없지."

"무엇이 말이오?"

카이론의 결론에 불안한 듯 눈을 굴리는 모건의 알도 자작이었다.

"나는!"

말을 끊으며 대회의실을 둘러보는 카이론. 그의 입이 다시 열렸다.

"복종을 원하는 것이지 의견을 원하는 것이 아니다. 싫다
는 자를 받아들일 이유는 없다."

강력한 한마디.

귀족들은 침묵했다.

"하루를 주겠다. 결정하라."

그 말을 남기고 카이론은 대회의실을 빠져나갔다.

그를 따라 그에게 충성을 맹세한 모든 이들이 대회의실을
벗어났다. 남은 것은 회유되었으나 충성을 맹세하지 않은 귀
족들 2백여 명. 그들은 잠시 동안 침묵했다.

"허어~ 어찌해야 할까요?"

"선택의 여지가 없지 않을까 하오."

두 귀족이 귀엣말을 주고받았다. 그에 질문을 했던 귀족은
고개를 끄덕일 수밖에 없었다.

지금 칼테인 왕국은 내전 중이었다. 아직 남부까지 영향을
미치지는 않았지만 언젠가는 남부의 참전을 강요할 것이다.

아니, 이미 중앙과 가까운 몇몇 귀족 중에는 병력을 보내
내전에 발을 디딘 귀족들이 있었다. 시작이 어렵지 시작한 후
에는 그리 어려운 것이 없다. 어차피 어느 한쪽을 선택해야만
했다.

이쪽저쪽을 구분한다 해도 결국 병력을 일으켜 전쟁을 치

러야 하는 것은 마찬가지였다. 내전이든 나파즈 왕국과 전투를 치르든 말이다.

하지만 내전보다는 나파즈 왕국과의 전쟁 쪽으로 마음이 기우는 것은 어쩔 수 없었다.

같은 나라의 귀족들과 싸우는 것보다 대대로 앙숙이었던 나파즈 왕국과 싸우는 것이 심정적으로 끌릴 수밖에 없었다.

대대로 남부는 나파즈 왕국과 싸우는 일선이었디. 비록 최근 전쟁이 없어 중앙으로부터 버림받았다고 하나, 대대로 쌓인 앙금은 어디 가지 않았다. 물론 그럼에도 불구하고 나파즈 왕국에 붙은 귀족 역시 많았지만 말이다.

과거 나파즈 왕국이 칼테인 왕국의 왕도까지 점령했을 당시 가장 잔인하게 짓밟힌 곳이 바로 남부였다. 그리고 그들을 내쫓은 자들도 바로 남부였다.

죽음의 장벽은 남부의 자존심이었다. 백 년 전까지만 해도 이 죽음의 장벽이라 일컬어지는 다섯 개의 성을 지배하는 자가 남부의 실질적인 패자였다.

전쟁이 사라진 최근 들어선 그런 명성이 무색해질 정도로 다른 귀족들에게 밀렸지만 말이다.

하지만 이제 다시 남부의 패자란 칭호는 죽음의 장벽의 군주에게 돌아왔다.

기존에 죽음의 장벽을 지배하던 예이츠 백작도 아니고 남

부의 공왕이라 불리던 체이스 그린 후작도 아닌, 듣도 보도
못한 인물.

왕의 인장을 가지고 있는 자.

바로 카이론 에라크루네스라는 인물이었다.

그는 강압적이었다. 귀족들의 개별적인 사정을 봐주지 않
았다. 권력 다툼도 허용하지 않았다. 그의 앞에서 귀족이라는
지위는 특별하지 않았다.

그러하기에 귀족들은 망설이고 있었다. 하지만 이미 그들
에게는 선택의 여지가 없었다. 단지 진심을 다해 섬기느냐 섬
기지 않느냐가 중요할 뿐.

"어차피 선택의 여지가 없지 않소?"

남아 있는 귀족들 중 가장 상석이 앉아 있던 인물. 바로 포
사이스의 라이언 카리아소 백작이었다. 그는 은둔 귀족이었
다. 그렇다고 해서 무력이 없거나 세력이 없는 것은 아니었
다. 다만, 나서지 않을 뿐.

그러한 그가 담담하게 입을 열었다.

"그는 최소한 다른 중앙의 귀족처럼 남부의 귀족을 업신여
기지는 않소. 또한 그는 칼테인 왕국의 귀족 중 유일하게 나
파즈 왕국을 막아내고 있는 이요."

그랬다. 강압적이든 어쨌든 간에 그 때문에 지금 나파즈 왕
국은 이곳으로 들어오지 못하고 저 밖에서 서성이고 있는 것

이다.

그가 아니었으면 이미 남부는 저 막강한 나파즈 왕국의 병력에 의해 일찍이 격어보지 못한 치욕을 겪고 있을지도 몰랐다.

카테론 왕국의 귀족 중 나파즈 왕국에 가장 강한 반감을 가지고 있는 남부의 귀족들이었다.

만약 나파즈 왕국에 점령당했다면 여기 있는 귀족 중 살아남은 이는 아무도 없을 것이다. 그들에게 회유된 귀족들 말고는 말이다.

"그가 우리에게 강요한 것이 있소? 병사를 내어달라 했소, 식량을 내어달라 했소? 아무것도 원하지 않았소. 단지 같이 싸우자 했소. 저들로부터 이 왕국을 이 남부를 지키고자 말이오. 그러한 그가 진정한 의미의 귀족으로 회귀하고자 하는데 이것이 불만일 수는 없지 않소?"

"하나……."

포사이스의 라이언 카리아소 백작의 말을 이어 매디슨의 저스틴 레예스 자작이 입을 열었다. 하지만 다른 귀족은 다른 생각인 듯싶었다.

"우리가 언제부터 가진 자였소? 우리는 중앙 귀족들이 행태를 목청 높여 비난했소. 넓은 영지를 두고도 자신들은 영지를 운영하지 않고 왕도에서 호의호식하며 왕국민의 피를 포도주 삼고, 왕국민을 쥐어짠 기름을 안주로 삼는 그들을 비난 했소."

레예스 자작은 눈을 부릅뜨고 주변을 둘러보며 잠시 뜸을 들이더니 다시 입을 열었다.

"하잘 것 없는 것으로 시비를 걸어 영지전을 벌였고, 영주들과 그 일족을 노예로 삼았소. 그것이 싫었던 것 아니오? 왕국민을 노예 대하듯 하고 남부의 귀족을 야만인 보듯 했소, 그것이 싫었던 것 아니오? 이제 그런 우리의 마음을 대변해 줄 사람이 드디어 모습을 드러냈소. 한데 무엇이 두려운 것이오?"

"두려운 것이 아니오. 그는 귀족을 귀족으로 대하지 않소. 평민들과 똑같은 식사를 하고 평민 병사들과 똑같이 훈련하고, 심지어는 잠을 자는 막사조차 얼기설기 엮은 야전침대요."

레예스 자작의 말에 참다못한 어느 귀족의 외침이었다. 레예스 자작의 시선이 그 귀족에게로 향했다.

"그래서 평민들이 그를 따르는 것이오. 진정한 의미에서 약자를 보호하기에, 진정한 적 앞에서 불굴의 의지로 물러나지 않기에 그를 기사들이 따르는 것이오. 그가 호의호식하고 협잡을 일삼았다면 과연 그를 누가 따를 것이며, 그가 싸움을 두려워했다면 과연 저 무지막지한 나파즈 왕국으로부터 이곳을 지켜낼 수 있었을 것 같소?"

"그, 그건……."

레예스 자작의 통렬한 힐난에 반대를 하던 귀족의 얼굴이 굳어지며 말을 더듬거렸다. 그의 말 중 틀린 것이 하나도 없었기 때문이었다.

"솔직하게 말하겠소."

갑자기 육중한 목소리가 대회의실을 가득 채웠다.

가장 상석에 앉아 있던 맥그래스 백작이었다. 모든 시선이 그를 향했다.

"솔직히 기득권을 놓기 싫은 것 아니오?"

"……."

맥그래스 백작의 단도직입적인 발언에 반대를 하던 귀족들의 얼굴이 급격하게 굳어졌다. 정곡을 찔린 것이었다.

"그리고 전후를 생각한 것 아니오?"

"그야……."

그런 귀족들의 태도에 맥그래스 백작은 여전히 담담하게 말을 이었다.

"본 작 역시 처음에 그랬소. 이 길만이 내가 가야 할 길이었고, 나만이 산적해 있는 모든 것을 해결할 수 있다고 생각했소. 그러하기에 웃었소. 나파즈 왕국의 병력을 홀로 감당하려는 예이츠 백작을 말이오. 그래서 두고 보았소."

대회의실은 침묵으로 젖어들었다. 그 누구도 입을 열 수 없었다. 이곳에 있는 귀족들 중 절반 이상은 맥그래스 백작과 전혀 다르지 않은 입장이고 생각이었으니까 말이다. 그리고 그런 자신의 생각을 여과 없이 말을 할 수 있는 그의 용기에 감탄하기도 했다.

이 얼마나 담대한 자인가? 어찌 보면 자신의 약점이 될 수 있는 것을 저처럼 스스럼없이 말할 수 있다니 말이다. 과연 남부의 한 축을 담당했던 자가 분명하구나 하는 식으로 말이다.

하지만 정작 맥그래스 백작은 그들이 생각하는 것처럼 자부심 가득한 얼굴이 아니었다. 언뜻 보면 회한에 젖은 듯한 그러한 얼굴이었다.

"예이츠 백작은 보기 좋게 실패했소. 그는 결코 약하지 않았건만 말이오. 본 작은 회심의 미소를 지었소. 비로소 내가 나서야 할 때가 온 것이기 때문이오. 그런데 그때 변수가 일어났소. 누군가 혜성처럼 나타났소. 죽음의 장벽이 무너졌음에도 불구하고 군을 이끌고 참전했고, 보기 좋게 나파즈의 10만 병력을 물리쳤소."

그 혜성처럼 나타난 자가 바로 카이론 에라크루네스라는 사실을 짐작하지 못한 이는 없었다. 몇몇은 그 말에 살짝 안색을 굳히며 불편한 표정을 지어보였다.

맥그래스 백작은 그들이 그러거나 말거나 자신의 생각을 계속 풀어나갔다.

"그것은 전략의 승리였소. 어둠 속, 그리고 사방에서 벌어지는 전투. 적은 분명 아군의 병력이 어느 정도인지조차 파악할 수 없었을 것이오. 분명히 말하는데 그것은 전략의 승리였소. 몇몇은 그것이 운이라고 할지 모르나 그것은 절대 운이 아니오. 그 어느 누가 다섯 배가 넘어가는 병력 한가운데로 뛰어들 수 있겠소? 아무리 밤이라 하지만 말이오. 나는 그럴 수 없소."

그의 말에 인정할 수 없다는 표정을 지어보이던 귀족들의 표정이 일그러졌다.

남부의 기사라 일컬어지는 맥그래스 백작. 그가 자신은 할 수 없다 했다. 그렇다면 여기 있는 그 누구도 할 수 없다는 말이 된다.

"그리고 그는 그 여세를 몰아 10만의 병력을 몰아쳤소. 결국 적은 6만이라는 사상자를 내며 초유의 패배를 맞이할 수밖에 없었소. 그들은 2만으로 10만을 이겨냈소. 그리고 그들은 다시 추가된 10만을 저 이름 모를 야트막한 숲 속에서 그들의 무덤을 만들었소."

"……."

이제는 그 누구도 그의 말을 막아서지 못했다. 그는 지금 사실만 말할 뿐이었다. 어떤 과장도 섞지 않고, 있는 그대로 전투의 과정을 설명하고 있었다.

"그 와중에 나는 특이한 것을 발견해 낼 수 있었소. 그것은 적들 사이에서 '절망의 기사'라 불리는 존재들이었소. 그들은 강하오. 하급의 기사 세 명이 '절망의 기사' 한 명을 상대해야 했으며, 중급의 기사쯤 되어야 겨우 그들을 상대할 수 있었으니 말이오."

"어찌 그런……."

귀족들은 해연히 놀랐다. 최소한 중급의 기사라는 말이었으니 말이다. 그런 그들의 반응을 이미 예상했다는 듯이 대수롭지 않게 말을 이어가는 맥그래스 백작.

"더욱 놀라운 것은 그러한 이들이 적어도 1만은 있다는 말이오. 그런데 그들은 마나를 다루지 않소. 대신 변신을 했소. 리자드맨, 라이칸 슬로프, 또는 몇 개의 합성된 존재로 말이오."

"혹… 마법!"

누군가 경악하며 외쳤다. 그에 맥그래스 백작은 고개를 끄덕였다.

"그렇소. 그들은 흑마법으로 키메라를 만들어 냈소. 그 수가 무려 1만이오. 그런데 그런 '절망의 기사' 2백을 저 이름 모를 산에서 매장시켰소. 더불어 저 이름 모를 산을 '불귀의

숲'이라는 명칭까지 가지게 했소. 자아~ 이제 묻겠소. 귀하
들은 그럴 수 있소?"

"……."

그럴 수 없다.

그것이 정답이었다. 그제야 귀족들은 자신들의 어리석음
을 깨달았다. 자신들이 얼마나 어리석었는지, 얼마나 위대한
사람을 시기하고 질시했는지 이제 알 것 같았다.

그것을 깨달은 순간 그를 헐뜯었던 귀족들은 쥐구멍에라
도 숨어들고 싶었다.

"난 못하겠소. 2만으로 20만을 감당할 수 없소. 적의 간자
가 영지를 다스리는 고귀한 귀족이라는 것을 알면서도 과감
하게 도려내지 못하겠소. 왜냐하면 너무 아프기 때문이오. 그
런데 그는 곪은 상처를 도려냈소. 피가 철철 흐르고 허연 뼈
가 드러남에도 불구하고 말이오. 그는 그런 사람이오. 그런
사람에게 충성하지 않는다면 도대체 누구에게 충성을 해야
하겠소. 그런 사람이 있으면 소개시켜 주시오. 내 심장을 꺼
내 보이며 그의 앞에 머리를 조아리리다."

탁!

마지막 자신의 말을 마친 맥그래스 백작은 거대한 회의용
탁자를 두 손으로 소리 나게 짚고 일어섰다. 그리고 귀족들을
한 번 쓰윽 훑어보고 신형을 돌려 대회의실을 빗어났다.

그가 나가고 대회의실은 다시 정적에 휩싸였다.

"허허허! 내가 어리석었구나, 어리석었어. 나이를 헛먹은 게로군. 진정한 영웅을 두고도 공명심에 알아보지 못하고 시기하고 질투하다니."

한 명의 노회한 귀족이 하늘을 올려다보며 허탈하고 자조적인 어투로 외쳤다. 맞다. 그것은 외침이었다. 스스로에 대한 질책이었고 말이다.

"나는 그가 만약 새로운 왕국을 새운다면 그를 향해 머리를 조아릴 것이오. 썩어가는 이 왕국보다 낫지 않겠소."

"그 말이 정답이로군."

노회한 귀족의 말에 몇몇 귀족이 그의 말에 찬동했다. 소리를 내어 찬동하지는 않았지만 이미 대부분의 귀족들은 마음속으로 결정을 내린 것처럼 보였다.

그리고 결정을 한 이들은 홀가분한 표정을 지어보였다. 결정하기 전까지는 힘들고 수만 가지의 생각이 떠올라 마음을 괴롭혔지만 마침내 결정을 하고 나자 그 모든 것이 눈 녹듯 사라지는 것을 느꼈기 때문이었다.

그 후 정확히 하루 뒤.

대회의실에서는 커다란 외침이 터져 나왔다.

"추우웅!"

2백이 넘어가는 귀족들의 외침이었다. 그 모습은 자못 장관이어서 이미 그에게 충성을 맹세한 이들은 가슴 먹먹함을 느끼지 않을 수 없었다.

드디어 남부를 손에 넣었다. 귀족 가문의 차자로 태어나 강제로 군에 입대하고 치열한 전장을 거쳤다.

그리고 승승장구하려는 그 순간 누명을 쓰고 알카트라즈에 투옥되고 죄수가 되었다. 하지만 그는 다시 일어섰다. 불굴의 정신과 상황을 꿰뚫는 무모하리만치 치열한 삶을 살아감으로써 말이다.

특히 키튼과 미켈슨, 프라이머와 해머슨의 경우는 감회가 남다르다 할 수 있었다.

그들은 카이론이라는 인물을 가장 오랫동안 모셔왔던 존재들이었으니 말이다. 그들은 심장이 벌렁거리고 벅차오름에 눈꺼풀이 가늘게 떨리고 습기가 차오름을 느꼈다.

"염병. 갑자기 티가 들어갔나 봐."

키튼은 남이 눈치챌까 두려워 괜스레 눈가를 닦아 내며 투덜거렸다.

"우시는 건가요?"

그의 곁에 있던 노르딘이 물었다. 그에 키튼은 아니라는 듯 고개를 맹렬하게 저었다.

"거참. 눈에 티가 들었다니께."

"이런 날엔 우서도 됩니다."

그녀의 말에 멀뚱하게 그녀를 바라보는 키튼. 그에 그 상황이 어색했던지 노르딘이 그의 시선을 회피했다. 그에 키튼은 나직하게 독백처럼 말을 했다.

"쩝. 분위기 좋았었는디."

여차하면 입술 박치기까지 갈 작정이었는데 갈 수 없어서 아쉽다는 듯 입맛을 다시는 키튼이었다.

"하여간 형님하고는. 이 상황에 그런 생각이 납니까?"

해머슨이 그를 힐난했다.

"그거하고 이거하고는 별개다."

"별개는 무슨. 온통 그 생각뿐이고만."

"칵!"

"어허~ 잘하면 치겄소."

"아오~ 정말."

그런 키튼의 모습에 키득거리는 미켈슨, 프라이머, 해머슨.

"형수님, 조심해야 할게요. 저 양반이 원체 밝혀서 말이오."

"그러면 결툽니다."

"겨, 결투!"

결투라니. 도저히 여자의 입에서 나올 말은 아니었지만 키튼을 제외한 세 명은 이해했다. 폴린 노르딘은 충분히 그럴 만한 위인이었다.

아마 말보다는 주먹이 더 빠를 것이다. 다른 이들에게는 철혈의 사자라 불리는 키튼조차도 그녀 앞에서는 얌전한 고양이일 뿐이니까.

"일어나라!"

그 순간 카이론의 음성이 그들에게 들렸다. 카이론이 드디어 입을 연 것이었다. 그리고 그가 자리에 착석했다. 그에 귀족들 역시 예를 거두고 자리에 착석했다.

"새로운 왕국은 세우지 않는다. 내가 왕국을 세운다면 카테인 왕국이 될 것이다. 또한 나는 나파즈 왕국을 정복할 것이다."

"추웅!"

이것은 선언이었다. 내전 따위는 신경 쓰지 않고 나파즈 왕국을 정복한다.

나파즈 왕국을 정복하면 그는 자연스럽게 왕이 된다.

이곳에 있는 귀족들은 이제 모두 알고 있었다. 그에게 카테인 왕국의 인장이 있음을 말이다. 스스로 왕이라 칭하지 않았지만 그는 이미 여기 있는 귀족들의 왕이었다.

"기존의 모든 작위를 인정한다. 하나 영지군은 인정하지 못한다. 예외적으로 치안을 위한 치안군을 선발하고 운영하는 것은 인정한다. 그 치안군의 모든 것은 중앙으로 보고해야만 한다."

"하면 영지군은……."

"중앙군 하나로 통합한다. 각 영지에 필요한 병력은 중앙에 보고 후 타당성을 검토한 후 각 지역으로 배치한다."

충격적인 말이었다. 각 영지군을 인정하지 않겠다는 말 자체가 거대한 충격이라 할 수 있었다. 하지만 어떠한 반론조차 내걸 수 없었다.

그들은 충성을 맹세했고, 중앙군으로 각 영지를 보호해 준다니 할 말은 없었다.

다만 그 실효성에 대해서는 의문이 들 수밖에 없었다. 하나 카이론의 말은 아직 끝나지 않았다.

"중앙군은 각 1, 2, 3군으로 나누며, 3군은 남부 전 지역을 수호하는 임무를 맡는다. 1군과 2군은 나파즈 왕국의 정복에 나선다."

벼락같은 지시였다. 카이론은 거대한 줄기, 즉 전략을 수립했다. 그에 맞게 전술을 계획하는 것은 참모부가 해야 할 것이었다.

"모든 군을 정비하는 시간은 앞으로 6개월. 그 안에 모든 것을 정비한다. 병력과 군수물자를 징발하고, 체제를 정비한다."

모든 줄기가 정해졌다. 이제 실행만 남았다. 번갯불에 콩

볶아 먹듯이 빠르게 지시를 내린 카이론이 다시 자리를 벗어났다.

하지만 회의는 지속되었다.

알프레드 슐리펜.

그는 이미 새로운 직책을 맡고 있었다. 마탑의 탑주 말이다. 거기에 새로 신설된 마법 병단의 병단장까지 맡고 있었다.

이미 카이론은 이 충성 서약이 있기 전 모든 직책과 인원을 배치시킨 이후였다.

그러하기에 이렇게 일사천리로 회의를 진행시킬 수 있었던 것이다.

"내전은 어찌할 텐가?"

"어차피 나의 영토와 힘이 커지면 내전은 자연적으로 진압되겠지."

모르는 바가 아니었다. 그저 확인하는 절차와 같은 질문이었다. 그럼에도 알프레드는 자신의 생각이 맞는지 재차 확인했다.

"떨어져 나가면 어찌할 생각인가?"

"그러길 바라나?"

카이론이 알프레드를 바라보며 되물었다. 그에 알프레드

는 어깨를 으쓱해 보였다.

"난 상관없지. 아버지가 만든 왕국이 아니던가?"

"나에게는 생명을 준 사람이지. 아니, 드래곤이던가?"

"그래서?"

"떨어져 나간 건 다시 찾아와야겠지."

그에 알프레드는 만족스럽다는 듯이 고개를 끄덕였다.

"제국을 만들 셈인가?"

"못 할 것도 없지 않은가?"

"정말인가?"

"그래. 하지만 지금은 그런 것보다 나파즈 왕국이 먼저지."

"그렇기도 하겠군. 일단 그들을 정리해야 이 난국이 풀려나갈 테니까."

그랬다. 나파즈 왕국을 정리하면 자연스럽게 이 엉킨 실타래와 같은 상황이 풀려 나간다. 아주 자연스럽게 말이다.

"앞으로 6개월이 문제겠군."

"정벌을 떠나기 전에 한 번 눌러줄 필요는 있겠지."

"재상이 군을 보낼 것이라 생각하는가?"

"한 번쯤은 보내겠지. 그 또한 나파즈 왕국의 사람. 이곳의 중요성을 분명히 알 것이니까."

고개를 끄덕이는 알프레드.

여기서 그는 깨달을 수 있었다. 카이론의 발언이 고의적이라는 것을 말이다.

나파즈 왕국을 정벌하겠다는 말을 했다. 그건 카테인 왕국의 상황을 정리하고서라도 결코 나파즈 왕국을 그대로 두지는 않을 것이라는 말과 다르지 않았다.

재상이 그런 상황을 용납할 리 없었다.

"그들을 여전히 믿지 못하는 것인가?"

"그들을 믿지 못하는 것이 아니다."

"하면?"

"세상에는 비밀이란 없지. 이미 말이 되어 내뱉어지는 순간 비밀은 비밀이 아니게 마련이야."

"요는 너의 발언이 그들의 귀에 들어갈 것이라는 말이로군."

"그렇지."

그랬다. 지금 카이론은 재상을 자극하고 있었다. 아니, 재상은 물론이고 내전을 일으키고 있는 나머지 두 귀족들을 자극하고 있는 것이었다. 이미 자신은 승리했다고 말이다.

교묘하게 그들을 부추기는 것이다.

그렇다면 어떤 형태로든 그들은 반응을 보일 것이다. 카이론을 인정하든 인정하지 않든 간에 말이다. 물론 지금 상황에서는 내란을 일으킨 그 세 귀족들은 카이론을 인정하지 않을 가능성이 농후했다.

하지만 섣불리 움직일 수는 없을 것이다. 자칫 잘못하면 균형이 깨질 것이고, 균형이 깨지는 그 순간 자신의 세력은 무너진다는 것을 잘 알고 있으니까.

그것은 카이론도 잘 알고 있었다.

어쩌면 북부의 귀족들과 군부의 실세들은 쌍수를 들어 환영할지도 몰랐다.

내전이 끝날 때까지 나파즈 왕국이나 박고 있으라고 말이다.

하지만 재상은 과연 그럴까? 그는 움직이지 않을까? 예측할 수 없었다. 그래서 카이론은 슬쩍 찔러보기로 결정했다. 그것이 바로 오늘 대회의실에 있었던 거침없는 발언이었고 말이다.

"재미있게 되었군."

"재미있나?"

전쟁을 재미있다고 했다. 하지만 날카로운 듯 물어보는 카이론의 질문에 담담한 얼굴을 한 채로 답을 하는 알프레드.

"자꾸 잊는 것 같은데 나는 드래곤이야. 이 세상에서 일어나는 모든 일은 한 편의 연극과 같다는 것을 알아뒀으면 좋겠군."

"미안하군."

그랬다. 그는 드래곤이었다. 그는 지금 유희 중일 뿐이었다. 인간사는 인간의 몫일 뿐.

＊　　　＊　　　＊

와락!

우왁스러운 손이 한 장의 서신을 거칠게 움켜잡았다.

부르르!

그리고 손가락이 하얗게 변하도록 바르르 떨었다.

"이것이 진정 사실인가?"

"그… 렇습니다."

"……."

정갈한 실내. 고급스럽지만 단출한 느낌이 느껴지는 집무실에 두 명의 사내가 고풍스러운 다탁에 앉아 마주보고 있었다. 하지만 둘의 서열은 금방 드러났다.

서신을 움켜쥔 자는 지극히 냉혹한 표정을 지으며 솟아오르는 분노를 다스리기 위해 안간힘을 쓰고 있었다.

그 맞은편에 앉아 있는 이는 허리를 꼿꼿하게 세우고 얼굴에는 긴장한 빛이 역력하게 드러나 있었다. 심지어는 식은땀까지 흘리고, 마른침을 삼키기까지 했다.

"하아~ 죽음의 장벽이라… 30년간의 준비로도 뚫지 못하는 것인가?"

한참 동안 말없이 분을 삭이던 자의 입이 열리며 무거운 탄식이 터져 나왔다.

죽음의 장벽.

그것은 나파즈 왕국의 모든 귀족들에게는 공포 그 자체였다.

항상 그들의 발목을 잡는 것은 바로 그 죽음의 장벽이었다. 이번에는, 이번에는 죽음의 장벽을 허물 수 있을 것이라 장담했다.

준비도 완벽했을 뿐만 아니라 대륙에서 금하고 있는 금단의 비술에 도전하여 성공했기 때문이었다. 금단의 비술은 막강 그 자체였다. 순식간에 나파즈 왕국의 전력을 서너 배 상승시켰기 때문이었다.

용기백배할 수밖에 없었다.

계획도 완벽했다. 안에서 허물고 밖에서 때린다. 안에서 허무는 공작은 거의 완성되어 가고 있었다. 카테인 왕국의 현국왕은 살았으나 살아 있는 것이 아니었고, 남부를 제외하고는 동부, 서부, 북부의 귀족들은 내전의 소용돌이 속에 잠겨 있었다.

또한 지난 30년 동안 끊임없이 노력한 끝에 중앙으로부터 남부를 차단시키는 데 성공했다. 남부의 절반이 넘는 귀족들이 자신들의 회유에 넘어와 카테인 왕국을 버렸다. 당연한 결과였다.

그들에게 들인 돈이 천문학적이었고, 중앙으로부터 버림받은, 패배 의식에 젖어 있는 그들의 가려운 곳을 살살 긁어주고 불만을 키우니 두말할 것도 없이 등을 돌려세웠다. 그래서 계획은 완벽하게 성공했다고 생각했다.

나파즈 왕국에 원조를 요청하고 빠르게 죽음의 장벽으로 도착할 때까지 말이다. 예상대로 그 어떤 귀족도 죽음의 장벽을 지키고 있는 도리안 예이츠 백작의 구원 요청에 호응하지 않았다.

그런데.

그런데도 실패했다.

그리고 또 하나 들려오는 말이 있었다.

"그가 국왕의 인장을 가지고 있다는 말이 있습니다."

"뭐, 뭐라 했는가?"

의작에 깊숙하게 상체를 묻고 있던 자. 카테인 왕국의 재상 자리에 올라 있는 앤드루 마샬 후작이었다. 원래는 나파즈 왕국의 삼왕자인 그의 풀 네임은 앤드루 로스차일드 마샬 폰 나파시안.

그는 더 이상 놀랄 것이 없다고 생각했고, 분노할 것이 없다고 생각했다. 한데 더 놀랐고, 더 분노가 치솟아 올랐다. 그는 자리에서 몸을 일으켜 세우며 집무실을 벗어났다. 그의 뒤를 따라 맞은편에 앉아 있던 이 역시 빠르게 뒤를 따랐다.

그가 향한 곳은 현재 칩거 중인 현 카테인 왕국의 국왕이 머물고 있는 침실이었다. 그가 침실의 문으로 다가가자 그 앞을 지키고 있던 기사가 가로막았다.

"이곳에 아무도 들이지 말라는 명입니다."

"물러가라."

하지만 기사들은 비켜 설 생각이 없는 듯싶었다. 그에 재상의 입꼬리가 불편하게 말아 올라갔다. 차분하게 갈라진 재상의 목소리가 다시 열렸다.

"물러나라 했다. 이 카테인 왕국의 재상으로서 하는 명이다."

순간 스산한 분위기가 연출되었다. 기사들은 검병에 손을 대었고, 재상의 뒤를 쫓은 자 역시 검병에 손을 가져갔다. 그때 문 안쪽에서 허약한 목소라 들려왔다.

"들이게!"

그에 일촉즉발의 기세를 드러내던 기사들이 검병을 놓고 가로막았던 문 앞에서 비켜섰다. 그들의 표정은 무표정했다. 그저 명령을 즉시 이행하는 것이 그들의 몫이라는 듯이 말이다.

그런 그들을 밀어젖히며 거칠게 문을 여는 재상.

왈칵!

국왕의 침실.

그곳이 문이 거칠게 열렸다.

"오랜만이로군."

나약한 목소리가 문을 열어젖힌 재상의 귓가에 들려왔다.

"감히 나를 속여?"

재상은 카테인 왕국의 국왕에게 신하로서의 예조차 올리지 않았다. 그런 재상의 모습을 흘깃 바라보던 카테인 왕국의 국왕. 그는 읽고 있던 서적을 조용히 내려놓으며 입을 열었다.

"너는 나를 속이지 않았던가?"

"뭐라?"

"나의 귀를 막고, 눈을 현혹했음을 인정하지 않는가? 그리고 '감히'라니. 어디 왕자가 타국의 국왕에게 '감히'라는 말을 쓰는가? 나파즈 왕국의 법도는 그러한 것인가?"

나약하고 힘없어 보이는 카테인 왕국의 국왕이었다. 이제는 유명무실하고 그저 목숨만 붙어 있는 그였다. 그런데 그 나약함 속에서 위엄이 묻어나고 있었다. 국왕은 역시 국왕이란 건가? 그런 카테인 국왕의 말에 재상은 놀라지 않았다.

이미 어느 정도 자신에 대해서 알고 있을 것이라 생각했기 때문이었다. 그리고 그의 입술은 싸늘하게 비틀리며 비웃음을 드러내 보였다.

"흥! 이미 무너져 내리는 카테인 왕국이다. 국왕이라고 예를 다하니 진정으로 아직까지 국왕이라 생각하는 것인가?"

"그래? 그러면 어서 죽일 일이지 왜 나를 아직 살려뒀을까? 왜 살려뒀는지 내가 한 번 맞혀볼까?"

핼쑥하고 삐쩍 마른 카테인 국왕은 설핏 마른 웃음을 떠올리며 재상을 직시했다.

"아직까지는 살아 있는 내가 필요한 것이겠지. 그렇지 않은가? 아직은 내전 상태이지 않은가? 게다가 진작 남부를 통과해야 할 나파즈 왕국의 점령군이 아직 도착하지 않았으니… 혹 모르지. 그들이 죽음의 장벽에 막혀 더 이상 전진을 하지 못하는 것일지도."

마치 지금의 상황을 한눈에 꿰고 있다는 듯이 여유롭게 말하는 카테인 왕국의 국왕이었다. 그 명석한 분석력에 재상은 놀라지 않을 수 없었다.

"흥! 그렇다 하더라도 이미 카테인 왕국은 더 이상 지탱할 수 없을 것이다. 그토록 영명한 자가 어찌 왕국이 이리 되도록 그대로 두었을까? 하하하! 웃기는 구나. 이제야 정신을 차린 카테인 왕국의 국왕 라파에트 그리나트 폰 카테이누스여."

재상의 가차 없는 말에 카테인의 국왕 그리나트는 인상을 찌푸릴 수밖에 없었다. 모든 것을 놓았다고 생각했다. 하나 그 지독히도 아픈 재상의 말은 그의 전신을 송곳처럼 찔러들고 있었다.

"확실히 나는 제정신이 아니었다. 무엇에 홀린 것인가? 무엇에 대한 욕심인가? 왕권의 강화와 바이큰 족과의 전쟁에만 신경을 썼다. 쓰디쓴 충언은 멀리했고, 달콤하기 그지없는 간신들의 말만 귀담아 들었다. 그리하여 지금의 내가 있지 않은가? 이 나약하고 송장처럼 썩어 가고 있는 몸뚱이 말이다."

카테인의 국왕은 자신의 앙상한 팔을 들어 보이며 자조적인 말을 했다. 그의 얼굴은 비통하기 그지없어 보였다. 하지만 재상에게 중요한 것은 그것이 아니었다.

"묻겠다. 왕국의 인장은 어디에 있는가?"

"사용 인장 말인가? 그건 너에게 주지 않았던가?"

"분명히 말했다. 왕국의 인장이라고."

재상은 낮게 으르렁거렸다. 그런 모습을 바라보며 카테인의 국왕은 희미하고 시원스러운 미소를 떠올렸다. 그는 본능적으로 알아차렸다. 자신이 마지막으로 걸었던 승부수가 상대에게 먹혔다는 것을 말이다.

"무슨 말인지 모르겠군. 왕국의 인장이라니."

콰앙!

그에 재상은 분을 참지 못하고 두 손으로 국왕이 있는 테이블을 거칠게 내려치며 이를 갈았다. 그의 얼굴이 국왕의 얼굴에 닿을 듯 가까이 붙었다.

"카이론 에라크루네스!"

"흠! 누구지?"

"모른다? 모른단 말이지?"

"기억에 없군."

그에 재상은 얼굴을 거두어들이고 국왕의 테이블에 엉덩이를 걸치고 앉았다. 그리고 국왕의 손가락을 잡았다. 순간 국왕의 메마른 얼굴에는 짧은 불안감이 스쳐 지나갔다. 하나 이내 평정심을 되찾았다.

"왜? 손가락이라도 부러뜨리려고?"

"못 할 것 같나?"

"못 하기는. 너희 놈들이 얼마나 지독하고 비열한 종자들인지 난 잘 알지."

"그래. 너무 잘 알고 있군."

카테인 국왕의 비웃음에 재상은 희게 웃었다. 그러면서 그가 잡았던 손가락을 서서히 들어 뒤로 꺾었다.

뿌드드득!

"끄으읍!"

국왕은 스스로 비명을 삼켰다. 비록 모든 것을 잃었으나 하나는 지키고 싶었다. 자존심. 선대의 유훈을 지키지 못하고 왕국을 말아먹긴 했지만 그래도 자존심 하나는 지키고 싶었다.

그의 손가락이 완벽하게 젖혀졌다. 국왕의 얼굴은 새하얗게 질렸고, 극한의 고통에 얼마나 이를 악물었는지 그의 마른 입술을 뚫고 가는 혈선이 흘러내렸다. 그런 그의 모습을 바라보던 재상은 나직하게 입을 열었다.

"얼마든지 생각해라. 하나 너희들의 생각과 계획은 결코 성공할 수 없을 것이다."

"크큭! 이미 네놈이 여기에 오는 그 순간 나의 계획은 성공한 것이었다. 너희들은 절대 죽음의 장벽을 넘지 못할 것이다."

국왕은 지독한 고통 속에서도 결코 약세를 보이지 않았다. 그의 눈동자에는 시퍼런 귀화가 피어오르는 것 같았다.

"그럴까? 두고 보지. 그 잘난 입에서 살려달라는 말이 반드시 튀어나오게 될 것이다."

"그때까지 살려둔다는 말인가? 이거 고맙군."

느물거리게 답을 하는 카테인 국왕을 바라보며 이를 뿌득 갈아붙인 재상. 그는 몸을 확 돌려세우며 침실을 벗어났다. 그에 국왕은 자신의 삐죽 솟아오른 손가락을 바라봤다. 완전히 부러졌다.

그는 입을 꽉 깨물고 뒤로 재껴진 손가락 마디를 스스로 다시 원상 복구시켰다.

"끄으윽!"

가래 끓는 듯한 신음이 그의 입에서 흘러나왔다. 순간 그의 얼굴은 10년은 더 늙어 보였고, 땀은 비 오듯이 흘러내리고 있었다. 그러고는 거침 숨이 토해져 나왔다.

"쿠훅! 네놈. 다급했구나, 다급했어. 크흐흐… 느껴 보거라. 그 절망감을 맡이디. 그후흐흐흐."

그는 실성한 것처럼 웃었다. 아니 우는 것일지도 몰랐다. 우는 것인지 웃는 것인지. 육체적인 고통보다는 정신적인 고통이 그를 더 괴롭히는 것 같았다. 그럼에도 그는 희망의 끈을 놓지 않았다.

제8장

재상의 결단

Warrior

"로마노프 백작."

"네."

"남부로 가줘야겠어."

"하나……."

"지금은 전선이 고착 상태야. 지금 아니면 기회가 없어."

"그렇다 하더라도 너무 위험합니다."

"위험? 위험이라… 언제는 위험하지 않은 적이 있었던가?"

그의 말이 맞았다. 자신이 아는 재상은 언제나 칼 위에서 잠을 자고 칼 위에서 살아왔다.

지난 30년 동안 말이다. 이보다 더한 역경이 있음에도 그는 언제나 이겨왔다. 그것이 오늘의 재상을 만들었다.

"하면……."

"2만이면 될 게야."

"……."

침묵할 수밖에 없었다. 결코 작은 병력이 아니었다. 아마도 현재 가용한 최대한의 병력일 것이라 생각되었다.

"제가 어찌하면 되겠습니까?"

"이걸 가지고 가게."

"뭡니까?"

"직위 해제 명령서네."

"카이론 에라크루네스 진압 사령관 말입니까?"

"그래."

"반발이 있지 않겠습니까? 카테인 왕국의 입장에서 보자면 그는 지금 현재 유일하게 아국의 병력을 막아내고 있는 자입니다."

"그러길 원하는 게지."

"설마……."

"본국과 연락이 되었네. 1군의 인원을 충원하고 3군 역시 빠르게 우회하기로 말이네."

"포위 섬멸입니까?"

"가능하다면."

죽음의 장벽을 걷어내기 위해 3군으로 나눠진 모든 군이 움직이고 있었다. 사실 카테인 왕국 남부만 보자면 죽음의 장벽은 중앙을 점유하고 있었다. 때문에 죽음의 장벽이 중요하고 기를 쓰고 걷어내려고 하는 것이었다.

좌우를 아우를 수 있으니까 말이다.

그런데 전략을 바꿨다. 좌우를 먼저 점령하고 죽음의 장벽을 포위 섬멸한다.

총 30만이 넘어가는 병력이다. 그 병력이 한꺼번에 몰아친다면 아무리 죽음의 장벽이라도 이겨내지 못할 이유는 없었다.

본능적인 두려움이 있으면서도 지금까지 단 한 번도 이렇게 한 점에 집중할 생각을 하지 못했다. 왜냐하면 두려움도 있지만 그에 반발하는 자존심이 있기 때문이었다.

고작 다섯 개의 성을 함락시키는 데 30만을 동원한다?

미친 짓이다. 멍청한 짓이고 말이다. 그래서 안 했다.

하지만 이제는 자존심을 버려야 할 때였다. 어떻게 해서든지 뚫어야만 한다. 그래야 원래의 계획대로 흘러가기 때문이었다. 그리고 시간이 없었다.

고착 상태에 빠져들었다고는 하지만 시간이 갈수록 불리한 것은 바로 자신의 세력이었다. 내전에 가담한 세 세력 중 가장 적은 병력과 자원을 가지고 있는 중앙이었으니까. 가장 노른자위이기는 하지만 가장 약한 세력.

혹자들은 그래서 중앙 세력이 지금껏 살아남았다는 것 자체만으로도 대단한 일이라 말하는 이도 있었다. 달리 말해서 재상의 탁월한 전략 때문에 중앙이 살아남았다고 하는 것이었다.

하지만 앞으로도 계속 살아남을 거라곤 장담할 수 없었다. 전쟁은 결국 체력전이라 할 수 있었다.

조만간 그 체력이 한계에 도달할 것이다. 남부를 확보하지 못한다면 말이다. 그래서 결단을 내렸다. 무리를 해서라도 남부를 완벽하게 평정하기로 말이다. 그러자면 전력을 투사해야만 했다.

"명을 따릅니다."

재상의 가장 측근이라 할 수 있는 이신바예 로마노프 백작이 재상의 곁을 떠나 남부로 향했다.

*　　　*　　　*

그 시각, 남부의 크릭 성은 한창 몸살을 앓고 있었다. 그 연유는 전격적으로 진군을 시작한 나파즈 왕국군 때문이었다.

장벽을 두고 주변을 공략하기 시작한 것이었다. 그에 패전

한 귀족들과 유민이 죽음의 장벽을 향해 이동하고 있었다.

고집을 피우던 귀족들은 패배의 쓰라림을 간직한 채 크릭성으로 향할 수밖에 없었다.

남부에서 가장 먼저 전쟁이 시작되었고, 가장 오랫동안 버티고 있는 곳이 바로 죽음의 장벽이었으니까 말이다. 문제는 그들을 모두 수용할 수 없다는 것이었다. 그러하기에는 몰려드는 유민과 귀족들, 그리고 병력의 수가 너무 많았다.

카이론은 결단을 내려야만 했다.

"모든 병력에 대한 지휘 권한은 본인이 갖는다."

그가 선언했다. 지휘권을 넘기지 않을 경우 받아들일 수 없다는 것이었다.

콰앙!

"감히 본 작을 어찌 보고……."

프레즈노의 앤더슨 백작이었다. 비록 패전해 쫓겨 오기는 했지만 무려 3만의 병력을 대동한 그였다. 그럼에도 불구하고 카이론은 단 한마디만 남겼을 뿐이었다.

'지휘권을 넘겨라.'

기존의 지휘권을 인정하지 못하겠다는 것이었다. 한편으로는 이해가 되었다.

지금은 지휘권이 하나로 통합되는 것이 맞았다. 하지만 자존심이 상했다. 겨우 남작 주제에 백작인 자신에게 이래라저래라 하는 것이 마음에 들지 않았다.

그래도 어쩔 수 없었다. 이곳을 벗어나면 갈 곳이 없었다. 중앙에 버림받은 남부인으로서 내전에 합류하기는 죽어도 싫었다.

남부에서 나름 확고한 위치를 가지고 있는 자신이 다른 지방의 귀족에게 머리를 숙이고 들어가는 일은 있을 수 없는 일이었다. 차라리 칼을 물고 사살할지언정 말이다.

"하지만 다른 방법이 없습니다."

"끄응."

그 말이 정답이었다. 그것을 모르는 바가 아니었다. 이미 소문으로 들었다. 남부 중앙의 패자가 되어 자신만의 세력을 구축한 카이론 에라크루네스는 영지군을 인정하지 않는다는 것을 말이다.

실제 이곳으로 오면서 보니 병력들의 복장이 하나로 통일되어 있었고, 깃발 역시 하나로 통일되어 있었다. 군단기와 사단기 그리고 연대기 등을 제외하고 가장 중요한 인장기가 하나로 통합되었으니 그들의 움직임이란 그야말로 일사분란하기 그지없었다.

훈련 또한 대단하기 그지없었다. 쉴 틈이 없었다. 그 속에는 귀족이든 기사든 가리지 않고 포함되어 있었다.

함께 먹고, 자고, 구르고 있었다. 그러면서 병사들의 마음을 얻어가고 있었다. 이제 병사들은 그들과 함께한 지휘관의 명령 하나에 일사분란하게 움직일 것이다.

"그리고……."

그때 한 명의 귀족이 은밀한 말이라도 하려는 듯이 짐짓 주변을 둘러보았다. 아무도 없을 것인데 주변을 살펴본다는 것은 상당히 중요한 말이라는 것을 의미했다.

"믿을 만한 정보통에 의하면 그가 국왕의 인장을 가지고 있다는 말이 있습니다."

"뭐라?"

"그, 그게 정말인가?"

"쉬잇!"

놀람에 목소리가 커졌다. 그에 그 정보를 토해낸 귀족은 검지를 입술 앞에 일자로 대었다.

그의 행동에 소리를 내었던 귀족들은 재빠르게 주변을 살펴보고 의자에 깊숙이 묻었던 상체를 테이블 앞으로 들이밀며 입을 열었다.

"그 말, 사실인가?"

앤더슨 백작이 나직하게 소리를 죽여 되물었다.

"믿을 만한 정보통입니다."

믿을 만한 정보통이란 권력의 중심, 혹은 실세를 의미했다.

그러니 놀라지 않을 수가 없었다.

"밝힐 수 있나?"

"이미 기존의 귀족들에게는 공공연한 비밀이라 합니다."

"크음… 그랬군, 그랬어."

그제야 앤더슨 백작은 그에게 귀족들과 기사들이 몰려드는 이유를 알 것 같았다. 국왕의 인장. 그것은 국왕을 대리하거나 여차하면 스스로 국왕에 오를 수 있음을 의미하기 때문이었다.

그는 남작이지만 남작이 아니었고, 진압 사령관이지만 사령관에 머무를 자가 아니었다. 그가 움직이는 곳이 바로 카테인 왕국이 된 상황이었다.

"하지만 지휘권을 넘기라는 것은……."

벌써 뒷일을 생각하는 앤더슨 백작이었다. 귀족이라면 훗날의 정치적인 역량을 생각하지 않을 수 없었기에 당연한 생각이라 할 수 있었다. 하나 믿을 만한 정보를 물어온 귀족이 다시 입을 열었다.

"그는 성향으로 보자면 패왕에 가까운 자입니다."

"패왕? 패왕이라……."

앤더슨 백작은 머릿속에 담긴 역사책을 뒤지기 시작했다. 대체적으로 한 왕국을 개국한 국왕 중 패왕이 아닌 자가 없었다. 강력한 중앙집권적인 체제가 있어야지만 한 왕국을 개국

할 수 있는 것이었다.

　그 후 시간이 흐름에 따라 강력한 중앙집권적인 권력은 분산되기 시작하며 귀족들이 권력을 나눠 가지기 시작하는 것이었다. 한마디로 시간이 흘러야 하는 것이고, 지금의 상황을 보자면 이것은 새로운 왕국의 개국이었다.

　"지휘권을… 넘긴다."

　"현명하신 판단입니다."

　그렇게 결정이 났다. 이제는 군사력을 가진 귀족이 아닌 명령을 철두철미하게 지켜야 할 지휘관이 되는 것이었다. 고개를 숙인 귀족의 입가에 가는 실선이 그려졌다. 하나 그가 고개를 들어 올렸을 때는 이미 그 실선은 보이지 않았다.

*　　　*　　　*

　"면담?"

　"그렇습니다."

　"면담이라… 가지."

　카이론이 자리에서 일어났다. 그 뒤를 키튼이 따라나섰다.

　그에게 면담을 요청한 자들은 다름 아닌 귀족 가문의 기사였던 자들이었다. 하나하나가 귀족 가문의 기사이고 기사단장이었다.

하지만 이제는 남부 통합군의 돌격 기사단이었다. 하나 그들 모두가 순순히 그것을 받아들이지는 않았다. 그들은 아직도 남부 통합군의 돌격 기사단이 아닌 자신이 속한 귀족 가문의 기사들이었다.

그러한 그들이 집단으로 항명을 한 것이었다. 모든 군사권을 내주고 일개 지휘관으로 남았던 귀족들은 그들의 항명을 흥미롭게 지켜보았다.

이 사태는 어떻게 수습하느냐에 따라 자신들이 어떤 태도를 취해야 할지 결정할 수 있는 시금석이 될 수 있으니까 말이다.

마음속으로는 항명한 기사들을 응원하면서 사태를 지켜보았다. 그리고 마침내 그 항명 사태가 카이론에게 전해지게 된 것이다. 말이야 면담이겠으나 그것은 자신들의 생각을 관철시키기 위해 순화해서 표현한 것뿐이었다.

"가서 확 쥐어 패버릴까요?"

뒤를 따라오던 키튼이 뜬금없는 말을 던졌다. 지금의 상황을 누구보다 잘 인식하고 있는 키튼이었다.

그의 행동거지가 평소에 가볍기는 했지만 무겁고 가벼움을 구분할 줄 아는 자이다. 지금의 사태에 대해 어떻게 대처해야 하는지 누구보다 잘 알고 있으리라.

그러한 그가 이런 실없는 농담을 던진다는 것은 그들이 별로 탐탁지 않다는 것을 의미할 것이었다.

"무슨 일이 있었나?"

"폴린과 캐슬린 맥그로우 사령관을 천한 것들이라고 하더라고요."

우뚝.

그 말에 순간적으로 걸음을 멈춰 세우려다 다시 걸음을 옮기는 카이론이었다.

키튼이 흥분하는 게 이해가 갔다. 폴린은 그의 여자였으니까. 그는 이 사태가 자신이 풀어야 할 사태가 아님을 알기에 직접 손을 쓰지 않은 것이었다.

그리고 은근슬쩍 찌르는 것이었다. '나 이런 모욕을 당했소. 알죠? 반죽이라는 말인 거' 바로 이런 의도적인 앙갚음이었다.

"이름이 뭐라던가?"

"이번 사태를 주도한 자는 패트릭 드라이스데일이라는 촌구석 기사랍디다."

끄덕.

카이론이 고개를 끄덕였다. 그것을 본 키튼이 새하얀 이를 드러내며 웃었다. 자신의 툴툴거림이 접수된 것이었다.

'이 쌍놈의 시키. 넌 뒈졌다고 복창해라.'

다른 이들은 카이론이 공명정대하고 남자 중의 남자라고 알고 있다. 하나 키튼은 그 뒷면에 자리한 어두운 그림자를 알고 있었다.

아주 뒤끝이 고약하다는 것을 말이다.

그리고 그것을 증명이라도 하듯이 카이론의 분위기가 아주 상큼하게 변해 있었다. 키튼은 얼굴에 웃음기를 지우고 아주 진중한 표정으로 카이론의 뒤를 따랐다. 이럴 때는 표정과 행동이 아주 중요하다.

그리고 마침내 그 둘이 1천에 이르는 기사가 있는 연무장에 들어섰다. 광대할 정도로 넓은 연무장이었다. 아니, 연무장이라기보다는 연병장이라 해야 옳을 것이다.

연무장의 한쪽에는 일단의 기사들이 흉흉한 기세를 퍼트리며 대기하고 있었고 그 주변으로 그들을 둘러싼 특전대대원들이 있었다.

키튼이 자신에게 오기 전 이미 지시를 내려놓은 모양이었다. 누가 뭐라 해도 카이론 다음가는 세븐스타의 첫째가 바로 키튼이었으니까.

카이론은 연무장에 들어섬에 이 사태를 주동한 자가 누군지 바로 직감할 수 있었다. 그를 중심으로 기사들이 모여 있으니 모를 수가 없었다. 카이론은 곧바로 그들에게 다가갔다.

"나를 보자고 했다고?"

"그렇소."

"봤으니까 됐나?"

그러고는 신형을 돌려세우는 카이론이었다.

"지, 지금 장난하자는 것이오?"

그에 어처구니없다는 듯이 걸걸하게 외치는 패트릭 드라이스데일. 신형을 돌렸던 카이론이 다시 신형을 돌려세웠다. 그리고 그의 앞으로 걸음을 옮겼다.

"보자는 것인가? 대화를 하자는 것인가?"

"대, 대화요."

"대화라… 그러면 말이지."

대화라는 말에 카이론에 뜸을 들였다. 패트릭은 그런 카이론을 의심스럽게 바라보았다. 누가 보아도 아주 장난스러운 카이론의 모습이었다. 듣던 것과는 너무 판이하게 다른 그의 모습. 이것을 대체 어떻게 판단해야 옳을 것인가?

"먼저 소속은?"

마침내 카이론이 물었다.

"탈레디가의 얼베이 자작 가문의 기사요."

"얼베이 자작 가문?"

"그렇소."

알겠다는 듯이 고개를 끄덕이는 카이론. 그가 곁에 있는 키튼을 바라보며 입을 열었다.

"탈레디가로 돌려보내."

"알겠습니다."

"뭐, 뭐라……."

패트릭 드라이스데일은 황당해서 말을 잇지 못했다. 탈레디가는 나파즈 왕국의 병력에 점령당했다. 그런데 그곳으로 돌려보내라니, 이게 무슨 말인가?

"나는 분명하게 전달했다. 이제부터 영지 소속의 기사가 아닌 남부 통합군의 돌격 기사단이라고. 한데 너는 그것을 부정하니 돌려보낼 수밖에."

카이론의 말의 어처구니없다는 듯이 입을 벌린 패트릭. 아니 이보다 더 황당한 일이 어디 있을까? 돌아가라니.

그때 다시 카이론의 음성이 흘러나왔다.

"또 있나?"

무심한 카이론의 음성. 패트릭의 얼굴이 일그러졌다.

"지금 장난하는 거요?"

드라이스데일 기사의 물음에 카이론의 시선이 그의 눈동자 깊숙하게 시선을 두었다.

"장난으로 보이나?"

"그럼 아니라는 거요?"

"너는 생사의 갈림길에서 장난을 하나?"

"너가 아니라 드라이스데일이오."

턱!

"으극!"

그에 카이론이 손을 들어 그대로 패트릭의 목을 움켜잡았다. 너무 창졸간에 벌어진 일이라 미처 방어조차 하지 못했다. 그는 카이론의 손아귀를 벗어나려 두 손으로 긁으며 발악을 했지만 별무소용이었다.

카이론의 손은 강철과 같았다. 목을 움켜쥔 카이론은 패트릭 드라이스데일을 들어 올렸다. 서서히, 아주 서서히 패트릭의 몸뚱이가 들어 올려졌다.

"네가 무슨 생각으로 이들을 선동했는지 모르지만 잘못 짚은 것이다. 너희들은 이제부터 기사가 아니다."

그러면서 육중한 기사의 몸을 집어 던져 버렸다.

쿠당탕당!

"크어억!"

심할 정도로 구겨지면서 던져진 패트릭 드라이스데일. 그런 모습을 보며 다른 기사가 분노에 차서 외쳤다.

"기사에 대한 것은 오로지 영주의 권한이오."

"듣지 못했나. 너희들의 소속은 가문이 아니라는 것을?"

"귀족의 권한은 그 누구도 함부로 할 수 없다는 것을 모르시오?"

"안다. 단 예외는 있지. 국왕의 명이라면 가능하지 않을까?"

그러면서 카이론은 손을 들어 올렸다. 그의 중지에는 하나의 인장이 있었고, 그가 마나를 불어넣자 그 인장이 붉은색으로 물들며 마치 하늘을 날아오르는 듯 생생한 드래곤의 형상이 떠올랐다.

바로 사라졌다 알려진 국왕의 인장이었다. 아무나 사용할 수 있는 사용 인장이 아닌 오로지 인장이 인정한 자만이 사용할 수 있다는 국왕의 인장이었다.

"국왕의 인장을 보고도 무릎을 꿇지 않은 자는 누구인가? 너희들은 지금 이 순간 반역을 행하고 있음을 아는가?"

털썩!

기사들은 무릎을 꿇지 않을 수 없었다. 하지만 이것은 강제적인 것. 결코 온전히 굴복하지 않았음을 카이론이 모를 리가 없었다.

"기회를 주지."

기회라는 말에 기사들이 고개를 들었다.

"나를 이겨라. 그럼 너희들을 다시 복권시키마."

"그 말, 진심이오?"

"나는 말만 좋아하는 너희들이 아니다."

"후회하지 마시오."

"말이 많군."

"우와악!"

그들의 기사로서 가진 자존심을 철저하게 무너뜨리는 카이론이었다. 그는 기사들을 기사로 대하지 않았다. 그저 싸가지 없는 동네 건달패처럼 대했다. 그것을 느끼지 못할 기사들이 아니었다.

가장 먼저 카이론을 향해 돌진해 들어오는 자가 있었으니 참으로 볼품없이 나동그라졌던 패트릭이었다. 그를 향해 카이론도 마주 달려갔다. 그리고 그의 복부에 거대한 주먹을 작렬시켰다.

퍼억!

"키히억!"

패트릭은 튕겨져 나가지 않았다. 대신 카이론은 그의 복부에 주먹을 꽂은 채 들어 올렸다.

쉬아악! 콰앙!

"쿨럭!"

그대로 연무장의 바닥에 박아 넣는 카이론. 그에 패트릭의 입에서는 한 움큼의 검붉은 핏덩어리가 쏟아져 나왔다.

기사들은 그 모습을 똑똑히 보았다. 그런 기사들을 바라보며 카이론이 한마디 툭 던졌다.

"약하군."

그에 망설이던 기사들이 카이론을 향해 쇄도했다. 그들의 손에는 검이 들려져 있었다. 그 검에는 마나가 실려 있었다. 적으로 간주한다는 것이었다. 그러한 그들을 바라보며 카이론은 진득한 살소를 베어 물었다.

그리고 그가 움직였다.

퍼억! 꾸드득!

"커헉!"

"꺼어억!"

그는 등 뒤에 있는 언월도조차 꺼내 들지 않았다. 오로지 주먹과 발만을 사용했다.

기사들은 몰랐다. 인간의 몸이 이리도 무서울 줄은 말이다. 손목조차도 무기가 되었고 팔꿈치, 발등, 심지어는 등조차도 무기가 되었다.

카이론을 향해 쏘아지는 기사들은 쏘아지는 족족 쏘아지는 속도보다 더 빠르게 튕겨 나오면서 검붉은 핏물을 게워내기 바빴다. 핏물을 게워낸 후 그들은 기절했다. 감당할 수 없는 충격에 정신을 놓아버린 것이었다.

1천 대 1의 전투는 일방적이었다. 전투라고 할 수조차 없었다. 그냥 팬다고 하는 편이 맞았다. 일 권, 일 권이 죽음처럼 다가오고 있었다.

"마, 말도 안 돼."

"인간이 아니야. 인간이······."

콰아앙!

그 순간에도 기사들은 핏물을 흘리며 기절하고 있었다. 그리고 그들은 명백하게 느끼고 있었다. 지금 이 무지막지한 무력조차도 카이론은 손속에 자비를 두고 있음을 말이다.

턱!

한 시간째.

제대로 서 있는 기사들은 없었다. 쓰러지거나 앉아서 거친 숨을 들이쉬는 기사들만 보였다.

카이론은 그 중심에서 오롯하게 서 그들을 내려다보았다.

"겨우 이 정도밖에 안 되나?"

"……."

그의 놀림에 누구 하나 입을 열어 반박하는 이가 없었다. 그들은 지금 일어설 힘조차 없었다.

"지금부터 나약한 너희들을 강하게 만들어주마. 지금 이 순간부터 항명하는 자는 즉참이다."

꿀꺽.

누군가가 마른침을 삼켰다. 한 명을 상대로 1천 명이 패배했다. 그리고 그가 광오하게 외쳤다. 강하게 만들어준다고 말이다.

"특전대원은 들으라!"

"며엉!"

카이론의 외침에 기사들을 포위하고 있던 특전대원들이 커다란 외침을 내뱉었다.

"지금부터 교육을 시작한다!"

"며엉!"

그와 함께 정신을 차리지 못하고 누워 있거나 앉아 있던 기사들을 향해 거친 물세례가 퍼부어졌다.

촤아아악! 촤아악!

"어헉!"

"이, 이게 무슨!"

정신을 잃고 있던 이들도 정신이 확 깨어날 정도의 차가운 물세례. 앉아 있던 기사들은 벌떡 일어나 분노를 터뜨렸다. 하지만 그들의 반항은 오래가지 않았다.

정신이 든 그들을 향해 달려드는 몽둥이를 든 특전대원들 때문이었다. 그들은 사정없이 몽둥이를 휘둘렀다. 그들이 휘두르는 몽둥이는 참으로 교묘해서 풀 플레이트 메일을 입고 있음에도 불구하고도 극한의 고통을 전해주는 곳만 골라서 치고 들어왔다.

"크허억!"

"이 새끼들, 지금 장난하나?"

"훈련이 장난이냐? 엉!"

"죽고 싶지? 죽고 싶어? 그럼 죽여주지."

특전대원들의 난입. 그것으로 상황은 종료였다. 특전대원들의 매타작은 거의 두 시간 동안 이어졌다.

"집하압!"

키튼이 외쳤다. 그에 기사들이 어기적거리면서 몸을 움직였다. 그에 키튼의 눈이 세모꼴이 되었다.

"이것들이 아직 정신을 못 차렸네. 더 패라."

날벼락 같은 소리였다. 그들은 카이론을 바라봤다. 하지만 카이론은 더했다. 언제 가져왔는지 의자까지 가져와 그곳에 다리를 꼬고 앉아 자신들을 무심하게 바라봤다.

카이론이 손가락을 끼딱거렸다.

키튼이 허리를 숙였다.

"아직 뻣뻣한 놈들이 많아."

"죄송합니다."

뿌드득!

카이론의 말에 키튼이 이빨을 갈아붙였다.

"두 시간 더 연장한다. 만약 두 시간 뒤에도 이렇게 뻣뻣하면 니들이 나한테 죽을 줄 알아라."

키튼의 말은 바로 특전대원들에게 한 말이었다. 그에 특전대원들의 눈에 독기가 서렸다.

"두 시간이라고?"

"그래 한 번 죽어보자."

몽둥이를 쥔 손에 침을 탁 뱉어 내고 미친 듯이 돌진하는 특전대원들.

기사들은 이미 전의를 상실했다. 온몸이 욱신거리고 일어설 힘조차 없었다. 두 시간이면 패는 사람도 지치게 마련이었다.

한데 특전대원들은 더욱 미쳐 날뛰었다.

팬 곳을 또 팬다. 아픈 곳만 골라 팬다. 한 놈이 패고 지나가면 다른 놈이 똑같은 곳을 또 치고 지나갔다. 일어나서 반항할라치면 어느새 오금에 불이 난다.

뒹굴 수도, 일어날 수도, 비명을 지를 수도, 대들 수도 없었다.

그저 멍청하게 서서 나무처럼 맞기만 할 뿐이었다. 그렇게 맞는데도 기절하지도 않고 여전히 서 있는 것이 이상할 정도로 말이다.

"이 새끼들아. 니들 때문에 우리가 죽어서야 쓰겠냐?"

"허이고, 이 새끼들. 아직도 뻣뻣허네?"

"어디 언제까지 버티나 보자고."

두드림이 더 격렬해졌다.

"제… 제바알…….."

"그, 그마아안."

기어코 기사들의 입을 뚫고 사정하는 소리와 우는 소리가 들려왔다. 하지만 특전대원들의 두드림은 멈추지 않았다. 말이 두드리는 거지 보통 사람들이 그 정도로 맞았다면 아마 피를 토하고 죽었을지도 모를 일이었다.

"그마안!"

키튼이 기사들을 바라보며 입을 열었다.

타다다닥!

그 순간 특전대원들은 어느새 원위치를 하고 있었다.

"기준!"

키튼이 한 명을 가리키며 기준을 정했다.

한 번도 해보지 않았지만 기사는 바로 깨달을 수 있었다. 손을 들고 외쳐야 한다는 것을 말이다. 그것도 최대한 큰 소리로.

"기! 쭈우운!"

"4열 횡대 헤쳐 모여."

투다다닥!

말이 필요 없었다.

"기준!"

다시 정해지는 기준.

"기! 쭈우운!"

"양팔 간격 헤쳐 모여."

가르쳐 주지 않아도 그냥 잘한다. 아주 잘한다.

확실히 매에는 장사 없었다. 아무리 대단한 기사고, 아무리 자존심이 강한 기사라 해도 상관없다. 네 시간에 걸친 거친 훈육은 가르쳐 주지도 않은 명령에 아주 즉각적으로 반응하도록 만들었다.

"시범 조교 앞으로."

기사들은 무감정하고 나직한 말에 소름이 돋는 것을 느꼈다. 그리고 저어기 발바닥 밑에서부터 스멀스멀 기어 올라오는 불길한 감각에 전신을 떨었다.

키튼의 명령에 두 명의 특전대원의 키튼의 전면 좌우로 갈라서서 부동자세를 취했다.

"본 교관이 올빼미들에게 알려주고자 하는 것은 기초 체력 훈련인 PT체조다."

순간 기사들은 PT체조라는 말에 마른침을 삼켰다. 결코 체조라고 불릴 성질의 것이 아님을 본능적으로 깨달은 것이었다.

카이론은 거기까지 보고 의자에서 일어났다.

"사람 만들어."

그리고 간단한 한마디만 남기고 연무장에서 모습을 감췄다. 사라지는 카이론을 보며 부동자세로 서 있던 키튼이 중얼거렸다.

"뭐, 한 이틀이면 사람 될 겁니다."

자신 있었다. 말이 체조지 PT체조가 어디 체조인가? 그는 부동자세를 취하고 있는 기사들을 보며 희게 웃었다.

사실 이틀도 필요 없었다. 밤새 굴리면 하루도 가능했다.

"새끼들. 지옥에 온 것을 환영한다. 그러게 건들 걸 건드려야지."

*   *   *

카이론이 연무장에서 다시 집무실로 돌아왔을 때 알프레드와 라마나 그리고 스키피오가 자신을 기다리고 있었다.

"갔던 일은 잘 처리됐습니까?"

알프레드가 물었다. 지금은 공적인 자리. 또한 그는 카이론의 가신 중 한 명. 당연히 말을 높일 수밖에 없었다.

"별로 대단치도 않은 일이야."

"다행이로군요."

"한데……."

카이론이 세 명이 모여 있는 것을 보고 심상찮은 일이 일어나고 있음을 깨달을 수 있었다. 그리고 그런 카이론의 생각을 짐작이라도 한 듯 고개를 끄덕이는 라마나였다.

"그렇습니다. 군이 움직였습니다."

"군이 움직였다라……."

"중앙에서 2만, 패퇴했던 나파즈 왕국의 부대가 병력을 충원한 후 전격적으로 좌우를 치고 들어오고 있습니다."

"포위할 계획인가?"

"그렇습니다. 그들은 결코 이곳을 포기하지 않을 겁니다."

고개를 끄덕였다.

"방법은?"

"모이기 전에 각개격파해야 합니다."

"언제 도착할 것 같은가?"

"최소 보름 최대 한 달 이내입니다."

"시간이 없군."

시간이 없었다. 이제 겨우 귀족들이 한데 모였다.

남부가 하나 되는 데에는 시간이 조금 더 필요했다. 닦금질할 시간이 필요한데 그 시간마저 주지 않고 있었다.

"시간을 벌기 위해서는 유격전이 필요합니다."

"유격전이라."

"지금 현재로서는 최선의 방법이라 할 수 있습니다."

"예니체리 사단과 예이츠 백작이 이끄는 남부 1사단이겠군."

"그렇습니다."

현재 훈련이 된 부대는 예니체리 사단과 예이츠 백작이 이끄는 남부 1사단밖에 없었다. 숨 가쁘게 전개되는 상황에서도 그들의 조련을 멈추지 않은 까닭에 겨우 2개 사단이지만 충분히 해볼 만하다는 생각이 들었다.

"나와 세븐스타가 따로 움직이지."

"그렇다면 반년의 시간을 벌 수 있을 것입니다."

확실히 카이론도 그렇게 생각했다. 반년이면 새로 편입된 남부의 세력을 충분히 흡수하고 나파즈 왕국과 일전을 겨뤄 볼 수 있을 것이었다.

총 30만이라는 대병력이지만 그 많은 병력이 한꺼번에 움직이지는 않을 것이다. 30만 명이 한꺼번에 싸울 수 있는 공간도 드물고 말이다.

남부의 정보망을 상실한 나파즈 왕국군의 상황을 보면 확실히 유격전보다 좋은 전략은 없을 것이었다.

"예니체리 사단의 사단장으로 마르탄 카플루스 자작을 임명하고, 그의 작위를 자작에서 백작으로 승작시킨다. 주전장은 페코스, 발베르데, 테럴, 윙클러 네 지역으로 한정한다."

"명!"

"특전대대는 나와 세븐스타와 동행하며 불특정 지역을 대상으로 한다."

"명!"

"예이츠 백작이 이끄는 남부 1사단은 허친슨, 헴필, 올덤, 플로이드 등 네 지역을 중심으로 유격전을 실시하며, 각 소대급까지 통신 네크리스를 지급한다. 전투식량은 마법 배낭을 이용해 1년분을 휴대하고 전투 군장 역시 마법 배낭으로 대체한다."

"명!"

카이론의 명령이 내려질 때마다 알프레드의 눈살은 살짝 살짝 찌푸려졌다. 자신이 해야 할 일이 기하급수적으로 늘어났기 때문이었다. 통신 네크리스와 전투식량, 그리고 마법 배낭을 소대급까지 보급하자면 한 일주일은 꼴딱 밤을 하얗게 지새워야 할 것이다.

모든 명령이 내려지고 카이론의 시선이 알프레드를 향했다. 그에 알프레드는 헛기침을 할 수밖에 없었다.

"크흐음. 일주일 내 완료토록 하겠습니다."

"출정은 8일 후 새벽 3시다."

"명!"

＊　　　＊　　　＊

"삼왕자 전하의 지급을 요하는 서신입니다."

"주게."

나파즈 왕국 3군 본진을 이끄는 제퍼슨 브라운 후작은 부관 백스턴 자작으로부터 서신을 받아 들었다. 삼왕자 전하의 인장인 세 송이의 벚꽃이 찍힌 봉인된 서신이었다. 그것도 검붉은색.

이것은 지급을 요한다는 그들만의 암호였다. 그것을 알고 있는 부관 백스턴 자작이 다급하게 지휘관 막사를 찾아온 것이었다.

브라운 후작은 조심스럽게 봉인을 제거하고 서신을 꺼내 읽어 내려가기 시작했다.

"으음……."

서신을 읽어 내릴수록 브라운 후작은 얼굴을 굳혔고 마침 내 나직한 신음성까지 흘렸다. 그러한 브라운 후작의 변화에 백스턴 자작은 긴장하기 시작했다.

자신이 모시는 브라운 후작은 지극히 냉정한 사람이었다.

그의 별칭은 가면의 기사였다. 가면. 가면이란 얼굴을 감 추기 위해 쓰는 물건을 말한다. 그래서 가면을 쓴 사람의 표 정을 읽을 수 없었다.

그는 표정이 변하지 않는다. 그러면서도 나파즈 왕국 최고 의 기사였다.

그는 나파즈 왕국 유일의 소드 마스터다. 그러하기에 그는 나파즈 왕국의 자랑이었고, 기사들에게 가장 닮고 싶은 사람 을 꼽으라면 당연히 그를 꼽는다.

그러한 그의 얼굴에 미미하지만 표정의 변화가 드러나 보 이고 있었다. 이것은 무엇을 의미하는 것인가? 그가 표정을 드러낼 만큼의 사건일 것이다.

그런 생각을 하는 동안 브라운 후작은 서신을 다 읽은 후 다시 원래대로 접어서 봉투에 집어넣었다.

"군사장과 군사령관 및 번대장을 모두 소집하게."

"명!"

브라운 후작의 명은 즉각 전군에 전달되었고, 중군, 선봉, 좌군, 우군 사령관과 그 예하 번대장들이 촌각을 다투며 그의 지휘관 막사에 도착했다.

표정의 변화가 없다고는 하나 그의 전신에서 퍼져 나오는 무거움이 막사에 속속들이 도착한 지휘관들을 긴장케 했다.

모두가 도착하고 그들의 시선이 모두 브라운 후작에게로 향했을 때 그의 입이 열렸다.

"삼왕자 전하께옵서 지금 서신을 보내오셨다."

꿀꺽!

마른침을 삼켰다.

본진은 이미 계획한 대로 차분하게 움직이고 있었다. 그들이 가는 곳에는 어떠한 어려움도 없었다. 마치 잘 뚫리고 정비된 대로를 가듯 수월하게 각 지점과 귀족들의 성을 점령해가고 있었다.

이미 카테인 왕국 남부의 3분의 1을 점령했다.

이런 추세라면 계획했던 것보다 적어도 한 달 이상은 빠르게 남부를 점령할 것 같았다. 자신들이 예상했던 것보다 카테인 왕국의 방비는 더욱더 형편없었기 때문이었다.

귀족이라는 자들이 싸울 생각은 안 하고 영지민을 버리고 짐을 싸서 도망가 버리니 3군 본진의 기사들과 귀족들은 헛웃음이 나올 지경이었다.

이런 왕국을 왜 그렇게 무서워했는지 도무지 알 수 없었기 때문이었다.

정말 별거 없었다. 정말 썩을 대로 썩어 있었다. 무려 30년이나 공들이 전략이 수치스럽다는 생각이 들 정도로 말이다. 그런데 마침내 걸림돌이 생겨났다. 그냥 그저 그런 걸림돌이 아니라 30년간 이룬 공든 탑이 단번에 무너질 정도의 거대한 암초였다.

"죽음의 장벽을 넘지 못했다는 전언이다."

그의 말에 지휘관 막사는 일순 싸늘한 적막이 감돌았다. 아무리 죽음의 장벽이라고는 하지만 지금까지 자신들이 겪었던 귀족들과 카테인 왕국의 전력이라면 절대 넘지 못할 곳은 아니었다.

그런데 죽음의 장벽을 걷어내지 못했단다. 이게 대체 무슨 말인가?

황당하다는 생각이 듦과 동시에 '과연 죽음의 장벽인가?' 하는 생각이 떠올랐다. 남부의 핵심. 오랜 세월 동안 나파즈 왕국을 절치부심하게 만든 근원이 다시 등장한 것이다.

"1군 사령관인 체이스 말론 백작이 6만의 병력을 잃고 패퇴했으며, 2군 사령관인 아사 팀버레이크 백작이 2만을 잃고 돈좌된 상태라 한다.”

“어찌 그럴 수가…….”

지휘관들을 침음을 낼 수밖에 없었다.

무려 20만이다. 20만이면 카테인 왕국을 쑥대밭으로 만들 수 있을 정도의 전력이었다. 그리고 거기에는 자신들의 비밀 병기까지 있지 않은가 말이다.

그런데도 무려 8만의 병력을 잃고 패했다 한다, 이게 도대체 어떻게 된 일인가?

“당시 1군와 2군에서 파악한 적 병력은 2만에서 2만 5천. 삼왕자 전하께옵서 내리신 서신이 써질 즈음 적들의 병력은 6만 정도. 그리고 우리에게 패해 죽음의 장벽으로 피신한 병력을 합산한다면 적 역시 10만에서 15만의 병력일 것이다.”

브라운 후작의 예측은 상당히 신빙성이 있었다. 지휘관들은 그제야 남부의 귀족들이 이렇게 무력하게 자신들에게 당했는지 알 수 있었다.

그들은 힘을 한군데로 모으고 있었던 것이다.

죽음의 장벽을 지켜낸 자가 중심점이 되어 단단한 군세를 마련하고 치명적인 일격을 날릴 준비를 하고 있었던 것이다.

그것을 생각하니 브라운 후작과 지휘관들은 전신에 소름이 끼치는 것을 느꼈다. 대체 누가 있어 이 거대한 그림을 그린단 말인가?

군사장으로 있는 알렉스 가르시아 백작은 다른 귀족보다 더한 경악을 느꼈다.

그는 정신이 아득해짐을 느꼈다. 이상함을 느끼기는 했다. 한데 그저 무심코 지나칠 뿐이었다.

그런데 그 결과가 이렇게 모습을 드러내니 실로 모골이 송연해짐을 느끼지 않을 수 없었다.

'대체 누구냐? 누구이기에 이런 치밀한 전략을 준비한 것이냐?'

상대방은 자신들의 모든 것을 꿰뚫고 있었다. 이대로 간다면 자신들은 거미줄에 걸린 먹잇감에 지나지 않을 것이었다. 하나 이들은 모르고 있었다. 이것은 계획에 의한 것이 아니라는 것을 말이다.

한마디로 결과를 보고 그들 스스로가 만들어낸 거대한 상상의 산물이었다.

하지만 카이론이나 그의 참모들은 이러한 것을 어느 정도 예상하고 있었다. 그런 면에서 보면, 이들의 경각심이 마냥 헛되지만은 않았다.

"이에 삼왕자 전하께옵서 본 작에게 내리신 지침은 왕도에서 2만의 병력을 내려보낼 것이니 사면을 포위하고 죽음의 장벽을 걷어내라는 것이다."

도망 갈 구멍까지 막고 그들을 옥쇄시키라는 말과 다르지 않았다. 지독할 정도의 작전이었다.

여기서 그들이 죽음의 장벽에 가지고 있는 두려움을 너무나도 잘 알 수 있었다.

"어찌 생각하는가?"

"우선은 장벽으로 말을 돌리는 카테인 왕국의 기사들과 귀족들을 막을 필요가 있습니다."

"더 이상의 병력 증원을 막겠다는 것인가?"

"명확합니다."

"좋군. 그럼 누가 좋을까?"

"장벽으로 향하는 길은 총 세 방향입니다. 그 이외의 곳은 몬스터 때문에 접근이 어렵기 때문입니다."

"그렇군."

간단하게 변죽만 울리고 있는 브라운 후작이었다. 그는 늘 이런 식이었다.

"각 방향마다 5천에서 3천의 병력을 파견했으면 합니다. 일개 영지군이 상대라면 그 정도 병력으로도 충분할 것입니다."

브라운 후작은 고개를 끄덕이며 적당한 인원이라 인정했다.

"1번 접근로는 패트릭 바이에라 자작을, 2번 접근로는 조르디 데이브스 자작을, 3번 접근로는 크리스티앙 윌슨 남작을 추천드립니다."

"승인한다."

"추웅!"

각자의 이름이 호명되자 해당 귀족들은 자리에서 일어나 충성을 외친다. 브라운 후작은 그저 고개만 끄덕일 뿐이었다.

"호명된 자들은 회의를 들을 필요 없다. 바로 출발하도록."

"명을 받듭니다."

세 명의 귀족이 절도 있게 예를 취하고 바로 지휘관 막사를 벗어났다.

"그리고 현재의 군을 세 개의 군으로 나눠 빠르게 성을 함락합니다."

"세 개라… 적습에 대한 우려는?"

"그들은 현재 살아남기에도 바쁩니다. 아직 본대는 7만이 남았습니다. 각 군당 2만 5천이면 적은 숫자가 아니고, 병력의 수가 줄어든 만큼 빠른 기동력을 확보할 수 있습니다. 지금은 기동력이 필요한 시기라 사료됩니다."

"승인한다."

타당하다는 생각에 승인하는 브라운 후작.

이것은 일종의 자부심이었다. 죽음의 장벽을 지키는 자를 제외하고 남부에서 자신들의 걸음을 가로막을 이들은 존재하지 않는다는 자존심 말이다.

끄덕.

고개를 끄덕인 브라운 후작. 그가 오만하게 고개를 치켜들며 입을 열었다.

"들었는가?"

"들었습니다."

"패배는 용납하지 않는다. 패할 시 그 자리에서 죽으라."

"추웅!"

"작전 일시는 앞으로 이틀. 충분한 휴식을 취하도록."

"추웅!"

『워리어』8권에 계속…

데일리 히어로

FUSION FANTASTIC STORY

인기영 장편 소설

지금까지 이런 영웅은 없었다!

『데일리 히어로』

꿈과 이상을 가진 평.범.한. 고딩 유지웅.
하지만……
현실은 '빵 셔틀' 일 뿐.

그러던 어느 날, 유지웅의 앞에 나타난 고양이.
그(?)로 인해 모든 것이 바뀌었다.

선행! 선행! 그리고 또 선행!
데일리 히어로 유지웅의 선행 쌓기 프로젝트!

Book Publishing CHUNGEORAM

유행이 아닌 자유추구 -
WWW. chungeoram.com

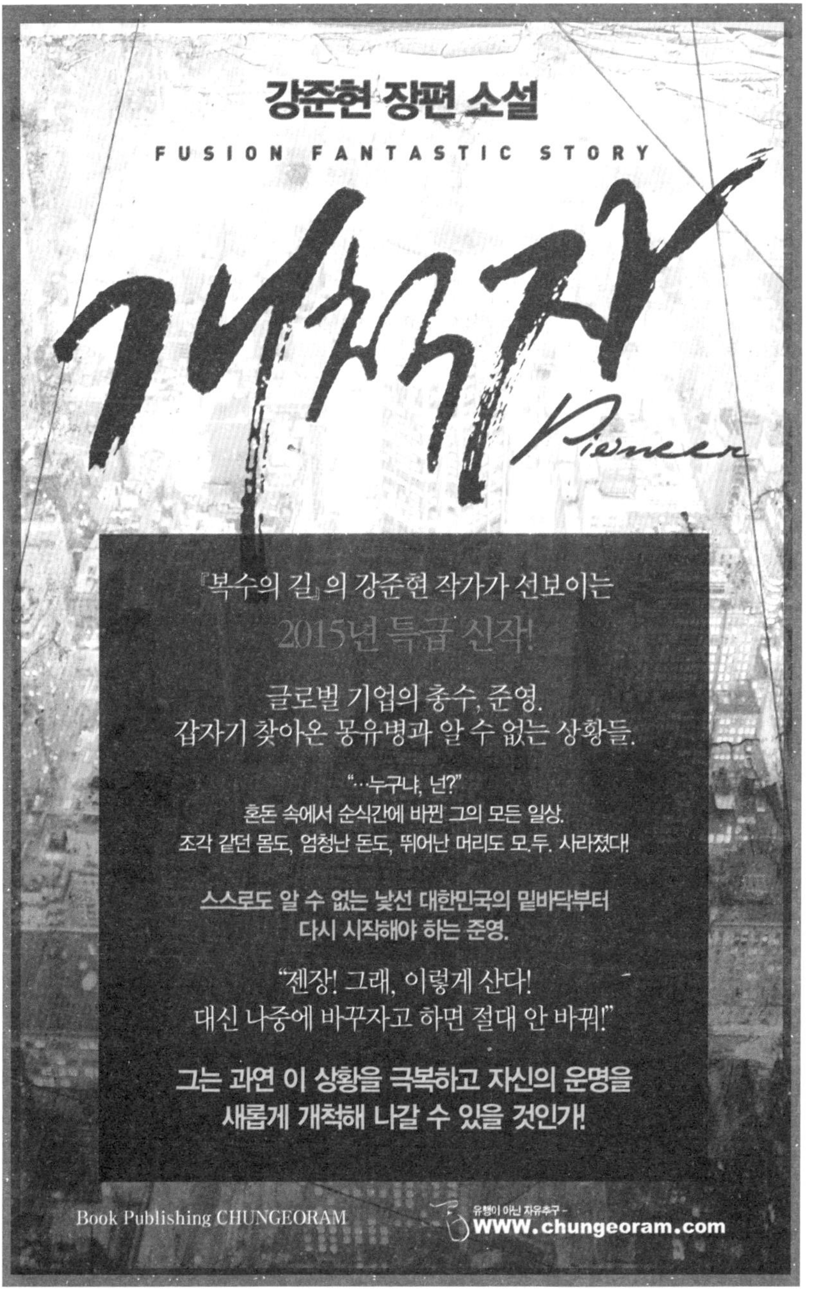
강준현 장편 소설
FUSION FANTASTIC STORY
개척자
Pioneer
『복수의 길』의 강준현 작가가 선보이는
2015년 특급 신작!
글로벌 기업의 총수, 준영.
갑자기 찾아온 몽유병과 알 수 없는 상황들.
"…누구냐, 넌?"
혼돈 속에서 순식간에 바뀐 그의 모든 일상.
조각 같던 몸도, 엄청난 돈도, 뛰어난 머리도 모.두. 사라졌다!
스스로도 알 수 없는 낯선 대한민국의 밑바닥부터
다시 시작해야 하는 준영.
"젠장! 그래, 이렇게 산다!
대신 나중에 바꾸자고 하면 절대 안 바꿔!"
그는 과연 이 상황을 극복하고 자신의 운명을
새롭게 개척해 나갈 수 있을 것인가!
Book Publishing CHUNGEORAM
유행이 아닌 자유추구 -
WWW.chungeoram.com